교사,
덴마크자유학교에 가다

공동체 살리는 시리즈

함께 살아간다는 것. 마음을 모아 혼자만의 경험이 아닌, 우리의 경험을 모아내기만 한다면 가능합니다. 삶을 쏟아 붓는 특정한 이슈는 공동체를 만드는 좋은 씨앗입니다. 환경, 교육, 예술, 문화 등 '공동체 살리는 시리즈'는 공동체를 다시 일구는 든든한 디딤돌이 되겠습니다.

교사, 덴마크자유학교에 가다
덴마크에서 만난 한국 대안교육 미래

초판1쇄 발행
2025년 1월 1일

전정일 지음

펴낸이	펴낸곳	주소	전화
김태영	씽크스마트 책짓는 집	경기도 고양시 덕양구 청초로 66 덕은리버워크 B-1403호	02-323-5609

출판사 등록번호	ISBN	정가	ⓒ 전정일
제395-313000025 1002001000106호	978-89-6529-069-8 (03810)	16,000원	

이 책을 만든 사람들	책임편집	편집	홈페이지
	김무영	신재혁	www.tsbook.co.kr **인스타그램** @thinksmart.official **이메일** thinksmart@kakao.com

• 씽크스마트 더 큰 생각으로 통하는 길

'더 큰 생각으로 통하는 길' 위에서 삶의 지혜를 모아 '인문교양, 자기계발, 자녀교육, 어린이 교양·학습, 정치사회, 취미생활' 등 다양한 분야의 도서를 출간합니다. 바람직한 교육관을 세우고 나다움의 힘을 기르며, 세상에서 소외된 부분을 바라봅니다. 첫 원고부터 책의 완성까지 늘 시대를 읽는 기획으로 책을 만들어, 넓고 깊은 생각으로 세상을 살아갈 수 있는 힘을 드리고자 합니다.

• 도서출판 큐 더 쓸모 있는 책을 만나다

도서출판 큐는 우퉁불퉁한 현실에서 만나는 다양한 질문과 고민에 답하고자 만든 실용교양 임프린트입니다. 새로운 작가와 독자를 개척하며, 변화하는 세상 속에서 책의 쓸모를 키워갑니다. 흥겹게 춤추듯 시대의 변화에 맞는 '더 쓸모 있는 책'을 만들겠습니다.

자신만의 생각이나 이야기를 펼치고 싶은 당신. 책으로 사람들에게 전하고 싶은 아이디어나 원고를 메일 (thinksmart@kakao.com)로 보내주세요. 씽크스마트는 당신의 소중한 원고를 기다리고 있습니다.

교사,
덴마크자유학교에 가다

덴마크에서 만난 한국 대안교육 미래

전정일 지음

시간이 정말 빨리 간다. 어느새 덴마크에 다녀온 지가 1년이 넘었다. 지난해 6월, 한국에 돌아오자마자 일이 쏟아지고 정말 바빴다. 그래서 덴마크의 아름다운 추억을 되돌아보며 배움을 새겨 나눌 시간도 없이 그해 여름을 맞았다. 한 달이란 덴마크 연수는 내 삶의 선물이었다. 한국에 돌아온 6월, 예상치 못한 학교 사정으로 교장 노릇을 하며 여름학기 담임을 맡아 아이들과 행복하게 살았다. 교사와 교장 노릇을 다시 되돌아볼 기회였다. 여름방학이 시작되어서야 덴마크 연수 나눔을 위해 사진을 모으고 덴마크에서 날마다 쓴 일기를 읽어볼 시간을 찾았다. 사진을 보며 아름다웠던 시절을 떠올리며 내 삶에서 잊지 못할 추억을 만들어준 덴마크 친구들을 생각했다.

Jakob Clausager Jensen, Alexander Mason, Karsten,

Sujan, Thomas Visby, Vikey, Noa, Lena, Jacob and Karma, Anne Louise Haaber Hassing, Pavia, John, Jacob Andreas Mohr Nielsen, Karma, Birgitte Weidenhof, Ole, Max, Torben Vind Rasmussen, Peter Bendix Pedersen, Jakob Ringgaard, Kirsten and Søren Thomsen Kjærgaardn, 또 더 많은 덴마크 친구들이 있어 덴마크 한 달 연수가 완성되었다.

Rejsby Europæiske Efterskole, Vester Skerninge Friskole, Brenderup Højskole, Efterskolen Flyvsandet, Riberhus Friskole, arrild Friskole, Steiner school in Vejle (Steiner Waldorf Schools and kindergarten)에서 만난 친절한 학생들과 교사들이 있어 영감을 받고, 덴마크에 온 까닭을 떠올릴 수 있었다. 떠올릴 때마다 정말 고맙다.

덴마크에서 지내는 동안 정말 행복했다. 학교마다 따뜻한 배려와 환대 덕분에 평생 잊지 못할 추억과 경험을 얻었다. 날마다 아름답고 멋진 곳을 다니면서 깊은 감동을 받았다. 날마다 자전거를 타며 누렸던 삶의 여유와 고독, 흑해 바다와 발트해, 라이스비 에프터스콜레, 베스터스케닝게 프리스콜레, 플루뵈썬뎃 에프터스콜레, 브렌드롭 호이스콜레, 리버후스 프리스콜레와 아릴다 프리스콜레, 리베와 바일레 거리, 스벤보르 베스터스케닝게의 낚시, 토마스 투어와 보트, 토마스 집에서의 홈스테이, 삼쇠섬 제이콥과 카마 투어와 아름다운 정원, 브렌드룹 호이스콜레와 희주, 플루뵈썬뎃 애니와 파비아, 오덴세 극장, 바일레의 키스텐과 쇠렌이랑 함께 한 수많은 추억들, 이 모든 것이 내 인생의 축복 같은 선물이었다.

덴마크 연수 경험을 학교와 대안교육연대에서 몇 차례 나누긴 했지만 밀려드는 일과 서류 속에 파묻혀 차분하게 연수보고서를 쓸 시간을 조직하지 못한 채 2024년을 맞았다. 글재주가 없는 사람이 한 달 연수기를 보고서보다 책으로 펴내려는 생각을 한 까닭은 맑은샘교육공동체와 삶을 위한 교사대학, 대안교육연대를 더 널리 알리려는 뜻도 크지만, 무엇보다도 덴마크의 아름다운 사람들이 들려준 이야기를 나누고 싶었기 때문이다. 이미 덴마크에 관한 많은 책들이 나와 있다. 2010년에 나온 〈위대한 평민을 기르는 덴마크 자유교육〉(민들레)을 읽으면 덴마크 교육과 자유교육에 관한 거의 모든 정보를 얻을 수 있다. 또 덴마크 육아법부터 덴마크 교육과 교사들의 이야기를 담은 인기 있는 책들도 있다.

다만 한 작은 학교 그것도 대안교육기관 교사의 연수기가 많은 교육 현장의 교사들과 행복한 교육을 꿈꾸는 이들에게 작은 열정과 상상을 불러일으키는데 씨앗이 되고 싶은 소망을 품었기에 용기를 낼 수 있었다. 사실 2023년 한 달 연수 일기를 숭심으로 가기 앞서 쓴 채비 일기와 삶을 위한 교사대학의 2015년과 2018년 덴마크 해외교육문화예술기행 때의 기록과 일기를 넣고 간추 렸다. 많은 정보보다는 덴마크에서 교사로서 무엇을 보고 들으며 무슨 생각을 했고 덴마크 친구들과 어찌 살았는지가 담긴 소박한 일기일 뿐이다.

초고에서 덴마크자유학교와 친구들의 이야기, 덴마크 교육 원리와 시스템을 꼼꼼하게 쓰다 보니 분량이 너무 많아 몇 차례에 걸쳐 정말 많이 빼고 줄였다. 덴마크 친구들이 들려준 귀하고 아름다운 이야기가 충분히 드러나지 못했거나 실수가 있다면 그건 모두 글쓴이의 부족함이다. 무엇보다도 덴마크 한 달 연수를 삶의 놀라운 추억으로 만들어준 덴마크 벗들이 있어 연수기가 완성되었다. Kirsten Thomsen Kjærgaardn, Jakob Clausager Jensen, Alexander Mason, Thomas Visby, Anne Louise Haaber Hassing and Pavia Haaber Jakobsen, Jacob Andreas Mohr Nielsen, 그이들이 보내준 추천사의 응원과 격려는 처음 마음을 잊지 말고 살라는 도움말이자 희망의 메시지였다.

또한 덴마크 교육을 알려주시고 교류를 이끌어주신 삶을 위한 교사대학 초대 이사장 송순재 선생님, 안성균

2대 이사장님, 유은영 상임이사님 그리고 이병곤 3대 이사장님과 이사회, 대안교육연대 식구들에게 감사 인사를 드린다.

기꺼이 추천사를 수락해주신 송순재 선생님, 유은영 선생님, 태영철 선생님, 부족한 원고를 멋진 책으로 만들어주신 씽크스마트 출판사 김태영 대표님과 김무영 편집장님, 신재혁 편집자님이 있어 가능한 일이었다.

마지막으로 맑은샘교육공동체 식구들이 있어 덴마크 벗들을 만날 수 있었음을 잊지 않고 있다. 흔쾌히 덴마크를 보내주고 지금도 어려운 살림살이를 탓하지 않고 안식년을 권하는 사랑하는 아내 경미, 어느새 듬직한 이십대 청년이 되어 아버지를 이해해주는 호진과 우진에게 미안하고 고맙고 사랑한다는 말을 전하고 싶다.

2024년 5월

송순재
(삶을 위한 교사대학 초대 이사장,
(전) 감신대 은퇴 교수, (전) 서울시교육연수원장)

대안학교 현장에서 잔뼈가 굵어 이제는 우리나라 대안학교 현장에서 커다란 나무로 우뚝 서 계신 전정일 선생님께서 소박하면서도 사려 깊은 책 한 권을 내신단다. 이름 하여 "교사, 덴마크자유학교에 가다". 2015년을 시작으로 2018년에 다시 한 번, 그리고 2023년에는 아예 작정을 하고 덴마크 한달살이를 하면서 세계적으로 그 유례를 찾기 힘들 만큼 독특하게 탄생하고 성장한 여러 유형의 자유학교들을 탐방한 후 그 소감을 일기라는 형식에 담아 써 내려간 책이다. 지난 십 수 년 간 덴마크를 필두로 북유럽의 교육과 사회 그리고 문화에 대한 관심이 우리 교육계와 사회를 달구었고, 이 과정에서 생생한 체험기로부터 심도 있는 연구서에 이르기까지 많은 책들과 연구보고서들이 나왔다. 글쓴이는 이렇게 나온 문헌들을 두루 섭렵하고자 했다. 실천적 교사면서도 진지한 학자적 태도가 엿보인다. 이것을 배경 삼아 현장에서 직접 보고 듣고 이야기를 나눈 것들과 그곳 사람들과의 일상적 교류를 통해서 느낀 점들을 읽기 쉬운 말로 하지만 성찰적인 언어로 풀어내고 있다. 자유학교의 이모저모에서부터 이러한 발전을 가능케 했던 주목할 만한 역사적 연원을 더듬어 가는가 하는가 하면 다시금 오늘날 이러한 시도가 오늘날 덴마크 사회 자체와 나아가서는 세계를 향해서 말하고 있는 바가 무엇인지, 또 우리에게 말 걸어오는 바는 무엇인지에 대하여… 읽어나갈수록 그곳 사람들이 일상에서 펼쳐내는 면면이 우리의 사회의 그것과는 또 다른 형태의 따뜻함과 행복함 같은 인간적인 면모를 띠고 나타난다. 그럴 때 마다 나는 여기저기서 잠깐씩 걸음을 멈추어 서곤 했다.

글쓴이는 그 탐사의 도정 마지막 자리에서 자기 속으로 털어 놓는다. 덴마크 교육을 단순히 소개하려는 것이 아니라, 타 문화권과 진지하게 대면하면서 우리의 교육 현실을 향한 자신의 아픔과 희망을 절절히 곱씹어 보려 하는 한 사람의 진정한 교사로서 말이다. 그가 더듬더듬 떠올리는 단어들은 바로 이 책의 고갱이를 말해준다. 서당, 동학, 풀무학교, 이오덕 그리고 다시금 우리의 대안학교와 우리의 아이들과 청소년들 … 이런 식으로 글쓴이는 덴마크 선생님들과의 만남이라는 지평 위에서 다시 한 번 우리 교육의 쟁점에 불을 붙이고 있다.

Kirsten Thomsen Kjærgaard

(전 Gjemdrup Friskole Friskoleleder)

  유럽, 아프리카, 아시아 등 어디에 살든 어린이는 세계의 미래이다. 어린이들이 세계를 이끌어갈 수 있고, 어른으로서 책임감 있고 헌신적인 사람이 되려면, 건강하고 행복한 어린 시절이 필요하다. 그들은 자신의 마음, 영혼, 그리고 몸의 모든 측면을 교육받아야 한다. 다른 사람과 상호작용할 수 있어야 하며, 꿈과 소망을 지니고 목표를 향해 나아갈 용기가 필요하다. 이를 달성하기 위해서는 교육이 매우 중요한 역할을 한다. 하지만, 어떤 학교에 그치지 않고, 인류 전체를 위해 작동하는 학교가 필요하다. 이미 한국에는 이러한 학교가 존재하고 있으며, 이를 위해 가장 선견지명을 가지고 일하는 사람 중 한 명이 바로 전정일 교장이다. 그는 항상 교육, 교사 및 지역사회를 개선하기 위해 노력하고 있으며, 이러한 과정을 촉진하기 위해 노력한다. 그의 일은 지극히 중요하며, 대안 교육의 커뮤니티, 정부, 학부모, 교사 및 친구들로부터 얻을 수 있는 최대한의 지원을 받을 자격이 있다. 지금까지의 전정일 교장이 일궈낸 성과들을 본다면, 박수갈채가 나올뿐더러 그를 둘러싼 모든 곳에서 더 많은 응원을 받기를 희망할 수밖에 없다.

Alex Mason

(전 Viceforstander of Rejsby Europæiske Efterskole,
현 Head of school, The International-Academy
and Boarding School of Denmark)

　대안교육과 형성교육 분야에서 활동하는 우리의 친구 전정일 교장의 일을 추천하게 되어 큰 영광과 자부심, 존경심을 느낀다. 그는 선구적인 학교 리더이자 한국 대안교육의 지지자일 뿐만 아니라 덴마크의 에프터스콜레와 자유학교 운동에 대한 열정을 가지고 있다. 덴마크에서 그와 함께 지내며 대안학교에 대한 그의 열정을 공유하고, 한국 전역에 교육 변화를 구현하고자 하는 그의 목표에 대해 배울 수 있어서 기뻤다. 앞으로 우리의 협력이 더욱 강화되어 전 세계 모든 청소년들에게 혜택이 돌아갈 수 있기를 바란다.

Anne and Pavia

(Viceforstander and Forstander of Efterskolen Flyvesandet)

　Efterskolen Flyvesandet을 방문해 주셔서 대단히 감사하다. 한국의 교육시스템에 대해 듣게 되어 매우 흥미로웠다. 학생들은 당신과 함께 아주 즐거운 시간을 보냈고, 당신이 보여주신 친절함에 큰 감명을 받았다.

덴마크에는 배움을 위한 다른 전통이 있다! "자유 학교 제도"라고 불린다. 우리에게는 초등학교를 비롯한 보통의 시스템과 18세부터 90세까지 성인들을 위한 "Efterskole System and Højskole"가 있다. 이곳에서는 사람들이 노래와 자유로운 대화를 통해 배우며 나이를 초월한 공동체를 형성한다. 이 시스템은 성직자 그룬트비와 교사 크리스텐 콜에 의해 창설되었으며, 이들은 18세기 덴마크에서 젊은 농부들이 배움과 교육을 통해 훌륭한 시민이 되어야 한다는 사명을 지니고 있었다. 그룬트비와 크리스텐 콜의 정신처럼 우리 학교 시스템은 살아있는 말, 저마다 지닌 가치와 모든 사람이 말하고 배울 권리가 있다는 사고방식에 기반을 두고 있다.

덴마크의 14-17세 나이에 약 35,000명 학생들은 "에프터스콜레"에서 1년 또는 2년 동안 생활하는 것을 선택한다. 덴마크에는 다양한 종류의 가능성을 갖춘 거의 245개의 학교가 있다. 하지만 모든 학교의 공통점은 학생들이 스스로 학습에 대한 책임을 지고 자유로운 사고방식의 의미를 묻는다는 점이다. 한국의 대안교육 교사들이 '덴마크식' 교육방식을 배우게 된다면 한국에서도 큰 교육 운동이 일어날 수 있을 것이다. 교육은 덴마크에서 수십 년 동안 이어져 온 운동처럼 학생들이 교사들의 교육방식에 대해 질문하고 의문을 제기하며, 자신만의 가

치관을 가지고 학교 시스템을 선택해 다른 사고방식을
선택하는 것이다.

Jacob Andreas Mohr Nielsen

(전 Skoleleder of Onsbjerg Lilleskole, Samsø)

덴마크에서는 수십 년 동안 전통적인 학교 시스템에
대한 대안적인 방식으로 아이들을 가르치는 자유학교가
큰 성공을 거두었다.

창의적이고 실용적인 교육과 교사와 아이들 간의 더
욱 긴밀한 관계를 통해 아이들은 학업적으로도 잘 발달
하지만, 동시에 중요하고 필수적인 사회적, 생활 기술을
개발하여 더 나은 교육과 사회인으로서 더 잘 준비할 수
있다.

전정일 교장과 그의 동료들은 한국에서도 비슷한 대
안학교 모델을 만들어냈다. 이것은 덴마크자유학교와
같은 철학이라고 생각한다. 주변 자연을 기반으로 한 창
의적이고 실용적인 교육을 통해 아이들의 참여를 이끌
어내는 모습이 인상적이다. 이런 방식으로 아이들은 지
식을 습득하고 학문적으로 배우지만, 그 지식이 실질적
으로 어떻게 활용될 수 있는지에 대한 이해와 결합한다.
또한 아이들과 어른들 간의 긴밀한 관계는 아이들에게

특별한 회복탄력성을 길러주며, 이는 아이들이 사회적으로 유능한 성인이 될 수 있도록 준비시켜 준다.

전정일 교장을 비롯해 한국에서 자유학교를 운영하는 모든 분들의 노력은 매우 중요하며, 이들의 학교 모델은 기존 학교의 대안으로서 더 널리 알려지고 더 널리 고려되어야 한다.

유은영
(삶을위한교사대학 상임이사)

덴마크 에프터스콜레는 삶을위한교사대학(약칭: 교사대학) 송순재 초대 이사장님을 통해 국내에 소개되었고, 2014년부터 교사대학이 한-덴 세미나를 개최하면서 국내에 널리 알려졌다. 이후 교사대학은 에프터스콜레 협회, 프리스콜레 협회와 협약을 체결했을 뿐만 아니라 성인 대상의 폴케호이스콜레 협회와도 긴밀한 관계를 10년 가까이 지속하고 있다. 그동안 여러 한국의 교육자들을 인솔하거나 국제컨퍼런스에 초청받아 십여 차례 다녀왔다. 주위에서 관련 책을 써보라는 권유가 있었으나 바쁘다는 이유로 정작 실행에 옮기지 못했다. 그러던 중에 교사대학 이사이신 전정일 선생님께서 그간의 경험을 담으신다니 참으로 반가운 소식이다.

백 년 동안 자유교육을 일궈온 그들은 20여 년밖에 안된 우리 대안교육의 진보에 경의를 표하곤 한다. 정부가 75퍼센트 이상 재정지원을 하며 공교육과 대안교육이 상생하는 덴마크 교육제도에 비해, 우리의 대안교육이 자생하기 위해 고군분투하는 상황을 들으며 그들은 안타까워한다. 덴마크에서 자유학교 계열의 세 개 협회에서 십여 명의 교사단을 이끌고 2017년 2019년에 교사대학에서 개최한 국제포럼 참석차 한국에 왔었고, 이후에도 협회장 외 핵심 리더들이 교사대학 행사에 참석하기 위해 한국을 방문하곤 했다. 묘하게 정서가 우리와 닮은 덴마크자유학교 교사들을 만나 밤을 새우다 보면 흠뻑 정이 들고야 만다. 전정일 선생님은 교사대학과 에프터스콜레협회와의 협약에 따라 교사대학 회원 중 교사들을 위해 마련한 상호 교사연수 프로그램 일환으로 덴마크에 다녀오셨다. 이 책에는 덴마크 에프터스콜레 외 자유학교 교사, 학생들과 만난 행복한 순간들부터 교육에 대한 광범위한 이야기까지 듣고 느끼신 바들이 고스란히 담겨 있다. 많은 이들이 덴마크 교육기행을 위해 교사대학에 연락을 한다. 덴마크 교육을 알리는 일은 참으로 기쁜 일이다. 그런데 꼭 당부하고 싶다. 한국의 대안교육 현장을 먼저 가보시라고. 대개 답은 멀리 있지 않다.

태영철
(한울고등학교장, 전 대안교육연대대표)

대안교육연대의 수장이면서 또 맑은샘학교(대안학교)의 교장으로서 바쁜 와중에 이렇게 훌륭한 책을 출간하게 된 전정일선생의 열정과 노고에 깊은 존경의 뜻을 전한다, 우선!

사실, 지난 10여년 남짓 우리 대안교육계는 아주 심한 '덴마크 앓이'를 했었다. 마치 전염병처럼 우리의 대안교육계를 휩쓸었다. 대안교육은 물론 공교육에서도 앞다투어 덴마크 및 북유럽의 소위 선진교육을 배우기 위해 투어를 다녀오고 소모임을 만들기도 했으며, 교사들이나 졸업생들 중에는 심심치 않게 유학의 길을 떠나기도 했다. 많은 배움과 감동과 인사이트가 현장을 중심으로 퍼져나갔었다. 하지만 덴마크 교육과 우리 교육의 간극은 쉽게 채워지지 않았으며 최근에는 책장 속에 갇힌 한물간 박제된 '덴마크 교육'으로 굳어갈지 모른다는 아쉬움이 들던 차였는데, 이 책이 나왔다. 덴마크 교육에 대한 이전의 어떤 책에서도 볼 수 없었던, 덴마크 사회와 교육의 속살을 가감 없이 보여주는 이 책은 교육적·철학적·사회적인 거대 담론 이면에 숨어 있던 덴마크 학생과 교사와 학부모 그리고 교육의 울타리 안팎에서 활동하는 덴마크 시민들의 있는 그대로의 모습을 보여준다.

어찌 보면 교육은 종합예술에 가깝다. 한 가지 관점과 기술과 지식으로는 도저히 담아낼 수 없는 방대하고 역동적인 인간 존재에 관한 종합적 담론 말이다. 하루가 다르게 등장하는 기술적 진보와 디지털화 된 세상을 향한 놀라움으로 가득한 오늘날에도 이 종합적 담론은 여전히 유효하다고 본다. 하지만 우리 교육계는 교육을 종합적·통합적 담론보다는 변화하는 세상에 적응을 위한 도구로서의 교육을 전락시키고 있다. 화려한 외적 가치만을 추구하도록 부추기는 사회적 풍토와 그 풍토와 불안을 통해 이익을 챙기려는 세력과 담론이 우리 교육계를 주도하고 있다. AI, 로봇, 인터넷 등 고도의 물질문명의 시대에 우리의 교육은 그 도구들을 따라 잡는데 정책과 예산을 집중하고 있다. 미래교육이라는 미명하에!

덴마크 교육은 종합적·통합적 관점에서든 미래교육이라는 관점에서든 우리에게 교육의 본질에 대한 화두를 던진다. '인간에 대한 사랑과 관심과 상호존중 그리고 이를 바탕으로 행복한 시민으로서의 성장!' 이것이 교육에서 가장 중요한 사명인데, '당신들은 도대체 어떤 교육을 지향하고 있는가?' 이 화두에 대한 전정일선생의 화답이 바로 이 책에 고스란히 담겨있다. 덴마크를 빌어 우리 대안교육의 현주소를 평가하고 덴마크를 빌어 우리 대안교육 혹은 우리 교육의 미래를 가늠하고자 한다. 그리고 교육 현장의 교사로서 따뜻한 시선과 인간미 넘치는 기행은 덴마크 교육자들의 우정과 환대의 모습으로 도드라져 책을 읽는 내내 독자로 하여금 행복감에 젖게 한다. 덴마크 견문록으로서의 가치와 덴마크 여행기로서의 재미와 설레임이 수시로 교차하는 멋진 책이며, 우리의 대안교육은 물론이고 교육계 전반에 행복한 교육은 무엇이며 무엇이 우리를 행복으로 이끄는가에 대한 적극적 화답으로 가득하다. 북유럽 사회와 교육 전반에 대한 이해는 물론이고 여행을 계획하는 사람들에게 일독을 권한다.

왜 덴마크인가

┊ 2023년 5월 3일(수) ┊

자연속학교를 다녀오고 나서 쉴 틈 없이 일을 하고 있다. 봄방학과 5월 연수 가기 앞서 처리해야 할 서류가 많으니 어쩔 수 없다. 학교 프로그램 지원과 법인의 재정지원사업 재심사를 위한 서류 쓰기를 몰아쳐서 하니 그야말로 화장실 가는 거 빼고 컴퓨터 앞에 딱 붙어 있을 수밖에. 틈틈이 전자편지로 덴마크 방문 학교와 연락을 주고받는 것 말고는 이렇게 덴마크 연수 채비를 하고 있다. 3월쯤에는 제법 남았다 싶었는데 얼마 남지 않은 듯 하더니 막상 내일모레글피에 떠나야 하니 아직 가방도 꺼내놓지 않은 처지라 짐을 어떻게 싸야 할지 걱정이 된다.

5월 특별한 덴마크 연수를 앞두고 있다. 지난해 교사회의 배려로 가을부터 채비를 시작해 기획된 덴마크 연수는 올해 5월 봄방학 2주와 개학하고 2주, 합쳐서 약 26일을 덴마크에서 지내게 되는 연수다. 이런 놀라운 덴마크 연수가 가능한 까닭은 모두 덴마크 친구들의 우정과 교사회의 배려 덕분이다.

나는 이미 덴마크 연수를 두 번 다녀온 경험이 있다. 두 번의 방문으로 덴마크 폴케스콜레(공립학교), 프리스콜레(자유학교 1-9학년), 에프터스콜레(1년제 기숙학교), 폴케호이스콜레(성인시민대학), 자유교원대학을 두루 경험하고 덴마크 학생들과 교사들을 만난 적이 있다. 그런데 두 번 다 겨울에 진행된 교사연수단 프로그램이라 여러 학교를 들리다 보니 방문 시간이 반나절이거나 그보다 짧았다. 간담회와 소개, 잠깐 체험 이상에 그쳐서 아쉬움이

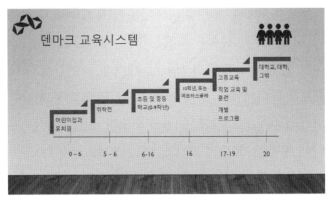

(2022과천마을교육공동체포럼자료집-"Free Schools in Denmark
The success of a grass root movement"- Peter Bendix Pedersen)

많았다. 그런데 삼 년 전인 2020년 덴마크 연수를 갈 기회가 다시 생겼다. 2019년 한국을 방문한 덴마크 교사단과 과천에서 과천국제교육포럼을 열고, 맑은샘학교 식구들이 채비한 저녁 만찬과 남태령호프 뒤풀이 인연으로 덴마크를 갈 계획을 세우게 된 것이다. 스스로 선택했다지만 학교 앞날을 고민하며 안식년을 가지 못한 사정을 살펴주고 교사 연수의 중요성을 공감한 교사들의 배려였다. 그래서 2020년 5월 봄방학 2주 포함해서 2주를 더 배치해 덴마크 한 달 연수를 기획할 수 있게 되었고, 덴마크 협회와 협의를 마치고 항공권까지 끊어놓았다. 그런데 아시다시피 코로나 팬데믹으로 모두 취소할 수밖에 없었다.

그리고 3년 뒤, 2022년 덴마크에 갈 용기를 다시 꺼냈다. 이번에도 역시 3년 전 취소의 아쉬움을 기억하는 덴마크 협회 측의 도움과 5월 2주라는 연수 기간을 교사회로부터 다시 배려 받아 2023년 5월 약 26일 동안 덴마크에서 배우고 공부할 수 있게 되었다. 사실 계기는 지난해 써머힐 100주년 IDEC(International Democratic Education Conference)을 다녀온 뒤 2022년 9월 4개국(덴마크, 네팔, 영국, 한국)이 참여한 과천국제교육포럼을 기획하며 3년 전 가지 못한 아쉬움을 다시 꺼낸 것이다. 가장 어려운 건

역시 비용과 봄방학 말고 두 주란 연수 기간의 문제였다. 고맙게도 3년 전과 마찬가지로 이번에도 덴마크 친구들과 교사회의 뒷받침으로 실현되었다.

덴마크 교사 교환프로그램으로 가는 이번 연수는 덴마크 에프터스콜레협회와 프리스콜레협회 도움 없다면 가능하지 않는 연수다. 한국의 삶을 위한 교사대학과 교류 협약을 맺은 덴마크 두 협회 도움 없이는 물가 비싼 덴마크 긴 연수는 언감생심 꿈도 꿀 수 없는 일이다. 다행히 한국의 대안교육기관학교의 교사들의 급여 형편을 잘 알고 있는 덴마크 친구들의 우정과 환대, 배려와 격려가 있어 꿈을 꾸고 용기를 낼 수 있었다. 항공권과 이동할 때 교통비, 따로 묵을 때 드는 숙박비 빼고는 모두 덴마크 1년제 기숙학교인 에프터스콜레 기숙사에서 지내고, 프리스콜레 방문 역시 홈스테이를 하게 될 가능성이 높다. 물론 살림살이 처지로는 어려운 개인 비용이 들어가지만 덴마크 협회 측의 배려와 도움에 진심으로 감사하고 있다.

또 무엇보다도 봄방학이야 교사들이 저마다 알아서 쓰는 기간이지만, 개학하고 2주는 작은 학교의 특성상 한 사람이라도 더 있는 게 도움 되는 현실에서 쉽지 않은 기간이라 많이 고심했다. 더욱이 교사들의 배움 연수를 늘 응원하는 맑은샘 학부모님들은 너그러이 이해해주시리라는 믿음이 있다지만 교장이 두 주나 자리를 비우는 것에 걱정하는 분들이 있을 수 있다는 생각에 한 번 더 생각을 하기도 했다. 그런데도 연수를 가려는 마음을 굳히고 지난해부터 덴마크 협회 측과 연락을 주고받은 데는 여러 가지 뜻이 있다. 그냥 놀러가는 게 아니니 가려는 뜻이 뚜렷하다. 스스로 기획한 연수이기에 열정과 책임, 상상과 도전이란 열쇳말 뒤에 앞날에 대한 모색까지 더해져 있다. 1월에 항공권을 사고, 덴마크 협회와 일정 조율을 위한 여러 편지를 주고받았다. 자기소개서와 가려는 뜻이 무엇인지 자세히 쓰고, 한국의 대안교육기관 학교 교장이 가서 할 수 있는 일이 무엇일지 담았다. 친절한 답변과 함께 에프터스콜레협회 야콥씨로부터 3개 학교를 소개받았고, 해당 학교 담당자와 전자편지를 여러 차례 주고받은 뒤에야 방문 일정이 확정되어갔다. 막상 큰 일정이 모두 확정되니 이제 슬슬 걱정도 되고, 가기 앞서 해놓아야 할 일이 더 많이 보였다.

5월 두 주 없는 동안 6학년 영어 수업과 3,4학년 설장구 수업 채비부터 시작이다. 고맙게도 6학년 정우 어머니 김영주님이 영어 수업을 한 차례 도와주시기로 제안해주신 터라, 나머지 세 번의 수업만 미리 보충하거나 현지에서 줌으로 화상수업을 하면 될 듯 하다. 설장구 두 번의 수업은 4월까지 배운 장단과 가락을 이예지 선생님이 익혀줄 수 있도록 채비해 놓았고, 4학년 수학 수업 두 번은 김수정 선생님이 진행하는 터라 셈 영역 수업을 잘 이끌어주시고 계셔서 걱정이 없다. 사실 아이들과 수업이야 과목 선생이니 더 보충하고 그에 한 대비책이 있고, 교사회에서 어련히 잘 할 거라 걱정은 없는데, 5월에 있을 여러 행정 서류와 진행시켜야 할 바깥일은 대체하기 어려운 게 있어 덴마크에서도 할 수밖에 없을 것이다. 대안교육연대 회의는 다행히 줌으로 참여할 수 있으니 큰 탈은 없겠다. 다른 중요한 일들도 있겠지만 대략 채비 가운데 먼저 생각해 놓은 게 이렇다. 뭐 연수 가서까지 일과 회의가 이어지게 하느냐 하지만 연수는 잠깐이고 살아야 할 곳은 이곳이니 당연히 공백이 티 안 나도록 더 애쓸 수밖에.

　교사에게 연수는 배움이고 색다른 성찰의 장이자 앞날을 여는 사색의 시간이다. 더욱이 해외 연수는 쉽게 갈 수도 없고, 비용도 걱정이고, 기간도 어려운 연수다. 그런데도 갈 수 있게 된 것이니 고마움과 미안함이 가득 쌓이고 있다. 그러니 잘 배우고 와서 더 잘 살아내는 모습이 보답이라 생각하고 있다.
　그런데 다시 스스로에게 묻고 상황을 살피게 된다. 왜 덴마크에 가는 것이고, 왜 가고자 하는가? 굳이 먼 나라까지 가서 비용과 기간을 투자해 배울 게 있는가? 가서 무엇을 보고 무엇을 배울 것인가? 성찰할 것은 무엇일까? 지구 반대편쯤 되는 먼 곳에서 나와 우리가 서 있는 곳을 객관으로 바라볼 수 있는 힘을 얼마나 길러올 수 있을까? 사실 두 번의 경험과 연수 공부들로 덴마크 교육제도와 덴마크 사회, 그룬트비 교육사상과 크리스튼 콜의 교육실천은 부족하지만 조금 이해를 하고 있는 편이다. 멀리 가지 않고도 책이란 간접경험을 통해서 배울 수 있다. 덴마크에 관련된 책은 웬만한 건 다 읽었지만 올초 출간이 오래되지 않은 〈덴마크자유교육의 선구자 크리스튼 콜〉(저자 비어테 패뇌 룬, 카스튼 옥슨배드 외, 역자 송순재, 그물코) 책을 읽으며 그 어려운 시기 아이들을 위한 삶의 교육을 실천하는 놀라운 교사의 삶에 감동하며 이백 년 동안 덴마크 사회를 이끌어온 힘을 생각해보기도 했다. 또 한편으로는 2월부터 시작된 그룬트비와 덴마크 교육 공부모임에 참여해서 연구자가 들려주는 강의를 토요일마다 줄곧 들었다.

그러나 현장의 생생한 자극과 기억만큼 강렬함은 없다. 백문이 불여일견이라 했던 것처럼 책과 강의로 들은 것과 직접 함께 살며 느끼고 마주하는 경험은 몸에 들어오는 정도가 다르다. 그래서 영화와 책 속에서 본 걸 직접 보기 위해 현장으로 찾아가는 것과 같은 이치일거다.

강렬한 자극과 상상을 불러일으킬 직접 경험을 하는 첫째 뜻이 있더라도 덴마크가 알맞은 곳인지, 교사와 마을 활동가 처지에서 갈만한 가치가 있는 곳인지 스스로 다시 물었다.

덴마크는 인구도 약 590만 명쯤이 살고, 반도, 큰 섬, 여러 개의 작은 섬으로 이루어진 우리나라 경상도 크기의 나라이고, 세계에서 가장 행복한 휘게의 나라를 만들어낸 북유럽 교육선진국이다. 일찍이 새마을운동에 영감을 준 달가스의 국토부흥운동이 있었고, 국민체조의 원형이라는 닐스북 체조도 우리나라에 영향을 주었지만, 그룬트비와 콜이 설립한 삶을 위한 교육, 삶을 위한 학교 정신은 1958년 위대한 평민을 기르는 풀무학교까지 이어져 있다. 그룬트비와 크리스튼 콜을 알면 알수록 이오덕 선생님과 풀무학교와 동학이 떠오른다. 160년 전 덴마크 부흥을 이끈 덴마크 농민들과 그룬트비와 콜은 성공했지만, 120년 전 우리의 동학은 좌절된 통한의 역사가 가슴을 친다. 그리고 한참이 흘러 우리나라에서는 처음으로 덴마크 자유 교육에 영감을 받아 위대한 평민을 기르는 현장인 풀무학교는 언제나 감동이다. 또한 아일랜드의 갭이어에 착안해 2016년 도입된 자유학기제, 자유학년제도 따져보면 덴마크 교육의 영향이다. 2015

년 시작해 8년 동안 이어진 경기꿈의학교 또한 덴마크 교육에서 영감을 받은 교육정책이다. 1800년대 새로운 사회를 향한 우리의 동학은 실패했지만 덴마크 그룬트비의 삶을 위한 계몽운동과 덴마크 협동조합운동은 성공했고, 덴마크 교육은 현재 덴마크 복지사회를 만든 힘으로 자리 잡고 있으며 신뢰의 덴마크 행복 사회를 만들어냈다. 교육이 사회를 바꾸고 신뢰할만한 나라를 만들어낸 세계에서도 보기 드문 경험이 있는 곳이 덴마크다. 헌법에도 부모의 교육선택권이 보장되어 있고, 우리나라처럼 의무교육을 의무취학으로 해석하지 않는다. 중3과 고1 시기 학생들에게 1-2년 안식년을 주는 전원형 기숙학교인 에프터스콜레, 고3 시기와 성인들이 어느 때든지 다닐 수 있는 프로그램이 발달한 시민대학인 폴케호이스콜레처럼 6-3-3-4제 단선형 교육체제가 아닌 다양한 진로를 탐색할 시간이 충분한 특별한 제도를 지니고 있다. 또한 우리나라 대안학교처럼 민간이 설립하는 프리스콜레(자유학교)는 국가에서 75% 재정을 책임지고 있다. 누구든 지역사회에서 교육기관을 설립할 수 있고, 교육부는 학교 설립의 모든 것을 알려주고 지원도 아끼지 않는다. 그러니 덴마크 사회와 교육의 밑바탕에 살아있는 철학과 교육 실천은 지금도 수많은 나라에 영감을 주고 있고, 우리나라 또한 많은 교육관계자들과 정치인들이 가고 있는 나라다. 한국 대안교육과는 삶을 위한 교사대학 초대 이사장이셨던 송순재 선생님의 덴마크 인연으로 인해 처음 공식 교류가 시작되었고, 덴마크 프리스콜레협회, 에프터스콜레협회, 폴케호이스콜레, 자유학교 교사 양성 대학인 자유교원대학과 삶을 위한 교사대학이 교류 협약과 자매결연을 맺고 있다. 그래서 삶을 위한 교사대학이 2015년 교육문화예술기행을 시작한 뒤 꾸준히 서로를 오가며 협력을 강화해가고 있다. 올해도 삶을 위한 교사대학 10주년을 맞아 덴마크와 한국의 국제교육포럼이 한국에서 열리고, 파리에서도 덴마크 에프터스콜레 국제컨퍼런스가 열릴 예정이다.

덴마크 교육제도와 사회는 참 배울 게 많다. 덴마크를 가려는 용기를 다시 낸 첫 번째 까닭이다. 둘째는 그룬트비 교육정신이 살아있는 덴마크 학교생활 흐름을 충분하게 겪어보며 맑은샘학교의 앞날을 모색하고 싶은 마음이다. 물론 어떤 영감과 보기를 얻고 올지 모르는 일이다. 맑은샘학교 교육철학인 이오덕 교육사상은 그룬트비와 크리스튼 콜의 철학과 비슷하다. 아니 거의 같다. 이오덕 선생님도 그룬트비 책을 읽으셨겠지만 덴마크 교육에서 아주 중요한 살아있는 말, 노래, 아침열기, 대화, 노작교육은 맑은샘학교 교육과정도 같다. 또한 삶을 위한 교육, 삶을 위한 학교라는 철학과 교육과정은 맑은샘과 한국의 대안교육의 철학과 같다. 맑은샘학교는 19년째 역사이지만 곧 2백년이 되어가는 덴마크자유학교의 역사는 존경스러운 실천이자 제도이다. 이번에 가게 되는 언어중심의 특별한 교육과정을 지닌 에프터스콜레와 낚시, 승마부터 정말 다양한 자연 속 바깥활동으로 몸과 마음의 성장을 도모하는 교육과정을 특징으로 하는 에프터스콜레, 학부모들과 지역사회가 함께 가꿔가는 것을 강조하는 프리스콜레는 학교마다 특색이 뚜렷해 우리 학교의 교육과정의 깊이를 더해주고 상상하는데 좋은 보기가 될 것으로 생각한다.

셋째는 덴마크 교사들과 학생들, 학부모들을 만나고 싶은 까닭이다. 덴마크 사회를 만든 덴마크 사람들, 그 가운데 우리학교와 같은 자유학교를 설립해 운영하는 교육의 주체들의 삶을 엿보며 아이들이 행복한 사회에 대한 열정을 키우고 싶다. 사람 사는 곳이야 얼마나 다를까만 행복국가 사람들의 마음과 열정, 아이들 교육에 대한 생각을 듣고 배우며 비슷한 동지 의식을 느낄 것이라 기대한다. 세계 어디에서나 아이들을 먼저 생각하고, 우정과 환대를 실천하는 사람들은 아름답다. 맑은샘 식구들처럼 아름다운 공동체 사람들은 언제 봐도 즐겁다.

삶을 위한 학교를 일궈가는 아름다운 실천 현장과 아이들을 사랑하고 함께 성장하는 교사의 삶이 내 삶에 쑥 들어올 것이라 믿는다. 교사 처지에서, 지역사회 활동가 처지에서, 한국 대안교육연대 대표로서 듣고 배우고 싶은 것들이 제법 많지만 사실 우리 맑은샘 교육과정과 학교와 마을을 연결하는 마을교육공동체 활동처럼 한국 대안교육의 성과는 정말 대단하다고 생각하고 있다. 해외연수를 다녀올 때마다 같은 마음이 드는 건 밖에서 볼 때 우리의 교육실천이 정말 놀라운데 우리는 그렇게 자부심을 지니지 않고 있구나 싶은 게다. 이번에도 덴마크 교사들과 학생들, 학부모들이 들려주는 삶을 위한 교육 이야기는 가슴을 뛰게 하리라. 덴마크 친구들을 만날 때마다 느끼는 거지만 우정과 환대란 낱말을 저절로 떠올리게 된다. 이번에도 먼 나라에서 온 친구를 위해 둘레를 알아봐주고 배려하는 것을 준비단계인 편지 주고받기에서도 확인할 수 있었다.

넷째는 교사의 삶을 점검하고 성찰하려는 마음이다. 뭐 굳이 멀리까지 갈 필요는 없지만 이왕 배우러 가는 시간에 스스로 삶을 되돌아보고 앞날을 설계하려는 뜻이다. 대안학교 교사로 살아온 지 얼마 되지 않았지만 어느새 학교에서 가장 오래된 선생이 되어버렸고, 대안교육계 안에서도 오래된 선생이 되어간다. 그만큼 교사들의 변화가 많은 곳이 한국 대안교육 현장이다. 교사의 삶은 아이들을 사랑하기 위한 삶이다. 아이들을 사랑하기 힘들면 학교에 남아 있을 까닭이 없다. 돈을 버는 직장으로만 생각하면 또 다른 직업이 많다. 굳이 어려운 조건들을 감내하고 살아야 할 필요가 없겠다. 대안학교 교사로 살아야 할 까닭이 스스로 뚜렷하지 않다면 쉽지 않은 길이다. 대안학교이든 아니든 아이들에 대한 무한한 사랑은 교사의 으뜸가는 자질이자 덕목이다. 알다시피 한국의 대안교육연대 소속 대안학교에서 교사로 살아가는 일은 쉽지 않다. 노동 강도가 세고, 급여가 적고, 교사복지가 열악한 상태에서 교육공동체를 이끌어야 하는 책임감은 아주 높아야 하니 교사 구하기가 정말 어렵다. 더욱이 학교와 마을을 연결하고 세상을 아이들이 살 만한 곳으로 만들기 위한 마을 속 교육과정을 끊임없이 만들어내는 마을교육공동체 활동은 학교 교실에서 실현시킬 수 없기에 주말과 밤에도 회의와 활동이 있는 활동가의 삶을 살아가기도 한다. 교육운동을 하는 것이고 자치운동이자 전환운동까지 담아낸다. 대안교육의 정체성을 묻는 때가 되었지만 바탕에는 언제나 운동의 삶이다.

다 그런 것은 아니겠지만 어느 곳에 10년 넘게 있고 집중해서 한 영역에 몰두하면 전문가가 되거나 그 분야에서 어느 정도 앞날을 볼 수 있는 어력이 나온다. 그러나 교사는 때마다 현재의 삶을 되돌아보며 얼마나 행복한 곳에서 살고 있는지 성찰하지 않으면 수업과 많은 교육 활동의 앞뒤 채비로 늘 바쁘고, 학부모 상담과 공부 연수들로 가득한 나날을 보내는 것에 지치게 된다. 소진되었다는 말 뜻 처럼 열정을 불러일으킬 촉매제를 스스로 가꾸지 못하는 현실을 깨닫게 되면 떠나기 마련일 수밖에. 어느 곳이나 오래 있어서 공동체학교와 자신의 삶에 도움이 되는지, 새로운 열정으로 꿈꾸게 하는 일을 만들어 가고 있는지 되물어야 행복할 수 있다. 지난해 써머힐의 레이스턴 시골 길을 걸으며 마음을 다스려가며 평화를 찾은 덕분에 어려운 한 고비를 또 넘겼던 것처럼, 스스로 배움을 기획하고 조직하는 삶의 여정은 또 한 차례 큰 선물이 되리라. 낯선 곳에서 한국과 맑은샘의 삶이 얼마나 행복한 공동체 생활인지 잘 깨닫고 돌아올 것이다.

마지막으로 덴마크 학교와 우리 학교와의 교류를 모색하고, 가는 김에 한국대안교육과 덴마크자유교육의 교류와 연대를 강화시키는 방법에 대한 모색이다. 굳이 먼 나라와 교류를 해야 하는 것도 아니고, 삶을 위한 교사대학에서 어련히 교류를 잘 하고 있지만 일차로는 우리 학교, 우리 지역사회(과천시)와 연결을 생각해보고, 두 번째로 한국을 대안교육을 대표하는 조직인 대안교육연대 대표로서 생각의 범위를 넓혀본 것일 뿐이다. 교류의 장점이야 서로에게 도움이 되는 지점에 있다. 우리학교는 외국어로 영어를 배우니 같은 처지인 덴마크 학생들의 영어 학습과 연결해도 좋을 것이고, 같은 일놀이 철학과 살아있는 말글 교육도 중요하게 생각하니 충분히 공감대를 넓혀갈 수 있다. 교류의 결과로 한국의 덴마크 프리스콜레 맑은샘학교처럼 거창하게 내붙일 수도 있지만 중요한 건 맑은샘 교육과정이 미래교육을 구현하고 있으며 세계 보편의 민주교육 과정과 같다는 점이다. 우리 동네와 비슷한 지역을 찾아 지역교류를 하는 재미난 상상도 있다. 우리나라 대안교육과 연결은 나도 이사회에 참여하는 삶을 위한 교사대학이 충분하게 하고 있다.

연수를 다녀오면 새로운 열정과 나름 성숙함으로, 때로는 새로운 일로 연결시켜오곤 했다. 한국글쓰기교육연구회 우리말글 연수는 우리말 글 교육을 깊이 있게 살피며 교사로서 삶을 되돌아보게 했고, 삶을 위한 교사대학이 2015년부터 한동안 줄곧 열었던 생활기술 연수에 꾸준히 참여하고, 또 주말에 열리는 다양한 적정기술 연수를 통해 우리학교 손끝활동의 영역을 확장시켜내며 천연발효빵과 막걸리술빵, 보리단술과 식혜처럼 다양한 발효 수업과, 적정기술, 직조, 별집(스타돔), 밧줄놀이들을 교과통합에 활용하게 해주었다. 또한 2009년 교장학교 때는 학교의 앞날과 교육과정, 교사회 구성에 대해 더 깊게 생각을 해주었고, 학교 운영과 앞날을 위해 필요한 꼭지들을 찾아내는데 잘 쓰였다 여기고 있다. 장애통합교육 연수, 성교육 연수, 비폭력대화 연수, 퍼실리데이터 연수, 사회적경제 연수, 마을공동체 주민자치 연수, 다양한 내용으로 열리는 수많은 연수에 시간과 품을 내고 참여하는 까닭은 모두 그만한 값어치가 있었기 때문이고, 교사의 삶, 교육과 교육공동체, 마을공동체를 가꾸는데 필요한 꼭지였기 때문이다. 2015년 덴마크를 다녀와서 과천시 사람책으로 연수 경험을 과천시민들과 나누며 다음해 실시되는 자유학기제 성공을 위해 애쓰자고 지역교육계에 제안했고, 2018년 토트네스 전환마을을 다녀온 뒤에는 전환마을과천을꿈꾸는사람들 이란 이름으로 꾸준히 마을신문과 마을기술마당 같은 마을공동체 일을 벌이며 문명, 에너지, 관계의 전환을 꿈꾸며 마을을 우정과 환대가 살아나는 마을살이에 정성을 다했다. 2009년 키노쿠니학교에 다녀와서는 같은 활동지를 그대로 쓰지 않고 때마다 수업 채비를 새로 하며 활동지를 만들어내는 교사의 모습을 보고 수업구성과 일놀이 교과통합에 대한 인식을 높여 학교에서 실천했다. 상처 받은 아이들을 마을과 숲, 교사의 힘으로 치유하는 무반 덱학교에 다녀온 뒤로는 한동안 얼마나 편하게 살고 있는지 미안해하며 지역사회에서 더 할 수 있는 일을 찾기도 했다. 가깝게는 2020년 교사회 전원이 함께 간 스페인과 이탈리아 협동조합학교 연수를 다녀온 뒤에는 사회적협동조합을 만들어 교육 속에 사회적경제를 담는 영역을 개척하고 있다. 2022년에는 영국 써머힐아이덱을 다녀온 인연으로 과천시에서는 민간차원에서 처음으로 4개국 국제교육포럼을 열어냈다.

되돌아보면 국내 연수와 해외연수는 여러 가지로 학교와 지역사회, 내 삶에 큰 자양분이 되어왔다. 그래서 자꾸 더 상상하고 도전하는지도 모르겠다. 사실 이 모든 것은 모두 맑은샘식구들과 교사들의 배려와 도움으로, 가족들의 도움으로 가능한 것들이니 늘 미안하고 고마울 뿐이다. 없는 살림에 국내외연수를 끊임없이 가는 모습에 가당키나 한 것인지, 대책 없는 기획에 스스로 놀라기도 하지만 상상하고 도전하는 재미를 느끼며 교사의 삶을 성찰하는 기회로 잘 쓰인다는 생각으로 마음을 다잡는다.

먼 나라 연수는 채비할 게 많지만 학교의 시간은 날마다 휙휙 지나간다. 차분히 채비해야 짐을 잘 쌀 수 있을

텐데 가기 전까지 큰 교육 활동 일정과 교육공동체 일정, 학교와 법인 행정사무가 제법 많다. 그렇지만 틈나는 대로 한국, 대안교육, 맑은샘학교 소개 자료를 만들고, 영어 말하기 연습도 해왔지만 부족하다 느끼고 있다. 떠나기 전날쯤에나 덴마크 친구들을 위한 선물도 챙기게 될 듯 하다. 익숙한 곳을 떠나는 설렘은 연수 여행의 기쁨이다. 바쁜 틈에도 설렘이 있어 즐거웠다. 식구들의 따듯한 응원과 격려를 믿는다.

목
차

하나 ···
삶을 위한교육과 교육공동체

둘
자유와 책임, 우정과 환대

셋
덴마크자유학교와 한국의 대안교육

삶을 위한
교육과 교육공동체

학교에 대한 간략한 정보 (초등 및 중등학교)

- 공립학교 1200개 (82%)
- 자유학교 550개 (18%)
- 자유학교 국가보조금 비율 (공립학교 예산의 76%)
- 모든 아이들은 10년 동안 의무교육을 받아야 한다(의무 취학이 아니다)-헌법 76조
- 최초 자유학교-1852년 Christen Kold 이 세움.

(2022과천마을교육공동체포럼자료집-"Free Schools in Denmark
The success of a grass root movement"- Peter Bendix Pedersen)

고마운 사람들

2023. 5. 7. 일요일.
날씨: 햇살이 환하고 하늘이 맑다. (덴마크 1일째)

입국 수속이 특별하게 간단한 나라에 와서 친절하게 표를 사고, 2구역에서 타기로 한 기차를 눈앞에서 놓치고, 다시 친절한 분들의 도움으로 표를 바꿔 무사히 H역에서 다시 발권 (덕분에 티보리공원 입구라 구경 잠깐)해서, 바로 뒷 기차를 타 예정보다 2시간 늦은 6시 45분에 첫 학교에 닿았다. 첫 날 Rejsby Europæiske Efterskole까지 4시간 45분 걸리는 기차 타느라 애썼다. 브래밍역에서 갈아타야 되어 이 역 이름은 잊지 못하겠다.

역에 닿으니 알렉스가 기다리고 있다. 같은 기차에 탄 학생들이 모두 귀교하는 라이스비(Rejsby Europæiske Efterskole) 학생들이다. 역까지 마중 나온 그와 뜨거운 포옹을 했다. 2015년 라이스 방문 뒤 8년 만에 만남이다. 줄곧 라이스비 에프터스콜레에 있던 게 아니고 다른 학교에서 근무하다 다시 왔다고 한다. 알렉스와 함께 학교까지 걸어오는데 학교 가는 길에 자신의 집을 손으로 가르킨다. 학교와 가까워서 좋고 적당한 거리라서 또 괜찮아 보인다.

알렉스의 친절한 안내와 환대 덕분에 마음이 편하다. 저녁 9시 15분 밤 새참 시간에 식당에 갔다. 케익 한 조각과 음료다. 대부분 학생들이 귀교해서 모이는 자리라 나에게 소개 시간을 줘서 학생들에게 첫 인사를 했다. 인사가 끝난 뒤 밤참을 먹는데, 16살 학생 크리스틴이 와서 한국에 대해 아는 것과 자신의 이야기까지 적극으로 말을 걸어주었다. 이곳에서 45분쯤 걸리는 에스비어에 사는 학생이다. 먼저 말을 걸어주니 반갑고 고맙다.

저녁 당직인 수잔이 차와 과일을 챙겨주셨다. 밤참을 먹었지만 저녁에 배고플지 모른다며 여러 종류 티백과 보온물통, 과일까지 담아 건네주시니 첫 날부터 마음이 편하고 고맙다. 밤에 다음 주 가게 될 프리스콜레 교장 Thomas에게 반가운 소식이 왔다. 자기 집에서 홈스테이를 할 거라고 하고, 기차표를 보내겠다고 해서 나를 놀라게 했다. 기차표까지 보낼지는 몰랐다. 또 덴마크 Brenderup Højskole에 다니는 맑은샘 8기 졸업생 희주랑 통화했다. 희주 부모님이 전해달라고 보낸 게 있다는 걸 알렸다. 긴 여정 끝 첫 집에 잘 닿았다. 고맙고 친절한 사람들을 만났다. 잘 왔다. 시차 때문인지 뒤척이다 덴마크에 온 까닭을 다시 생각하며 2015년 첫 방문 때 만난 덴마크 선생님들의 이야기가 떠올랐다.

"지금 덴마크 사회와 교육에서 그룬트비 정신은 살아있는가 묻는다면, 어느 정도 쇠퇴하는 흐름이 있다. 고민이다. 새로운 차원의 자극이 필요하다. 그런 움직임이 생태 같은 차원에서 있긴 하다. 지금 덴마크 사회는 그룬트비가 있어 가능했다. 사회를 변혁하는 정신, 실천이 있었다. 오래전 유산이라 지금 세대는 유산 속에서 살 뿐이다. 잘 모른다. 수많은 나라에서 위대한 사상가가 있었지만 이렇게 사회 전체를 변혁시킨 사례는 없었다. 덴마크 그룬트비는 그래서 특별하다. 살아있는 말, 대화, 상호작용, 스토리텔링은 교육에서 아주 중요하다. 듣는 사람과 말하는 사람 사이의 교감이 일어난다. 듣는 사람의 자유가 중요하다. 이야기를 잘 하고 이야기를 잘 만들면 듣는 사람을 끌어들이도록 하는데 도움이 된다. 사회 변화를 위해서는 시작은 어렵지만 줄곧 노력해야 한다. 불신을 신뢰로 바꾸어야 한다. 정치가들이 문제 있다. 정부 주도 교육시스템의 압력도 진보성을 쇠퇴시키는 한 요인이 된다. 시민사회 권력과 역할, 정당성과 합당성이 훼

손되거나 줄어들면서 자유교육이 위축 되었다. 자유교육의 반대 측에서는 자유교육이 공공 지원을 받는데 그만한 사회 책무를 못하고 있는 거 아닌가라는 논리로 자유학교를 공격하기도 한다. 부적응 아동과 저소득층이 배제되어 있다는 것도 공격 거리다."

-에기디우스

([위대한 평민을 기르는 덴마크 자유교육]의 공동 저자, 전 자유교원대학 총장)

라이스비
에프터스콜레

2023. 5. 8. 월요일. 날씨: 해가 쨍하니 날이 좋다.
바람이 차가워서 가을 겉옷을 입어야 한다. (덴마크 2일째)

아침 일찍 깼다. 시차 적응 중이다. 씻고 학교 둘레를 산책 겸 걸었다. 7시 30분이 전체 아침 식사 시간인데 교직원들은 7시부터 먹을 수 있다. 학교에 출근하는 교직원들과 인사를 나눴다. 시설 일을 돌보는 분들부터 교사까지 일찍 온 분은 먼저 7시에 아침을 먹을 수 있다. 늦게 와도 되는 분들은 본인 수업 시간에 맞춰 와도 된다. 알렉스 교감이 하루 시간표를 출력해주었다. 들어가고 싶은 수업은 모두 들어가면 된다고 하는데 아무래도 영어로 수업하는 시간이 편하겠다. 이번 주에 교직원 자녀가 다니는 가까운 프리스콜레를 소개해서 방문하도록 알아봐주겠다고 했다. 내가 초등과정 학교에서 일하

"1994년에 설립된 라이스비 에프터스콜레는 한마디로 국제 언어 과정을 중시하는 조금 특별한 학교다. 전문성이 높은 중등학교 이후의 사회수업, 5개 외국어로 가르치고, 야심 찬 프로젝트 주제 6개, 해외여행 4회, 유럽 학교의 젊은이들과 교류를 특징으로 하고, 비정치적이다.-Rejsby Europæiske Efterskole 홈페이지 ,https://www.rejsby-efterskole.dk/"

는 줄 알고 배려하는 마음이 고맙다. 8시 모닝어셈블리는 다 함께 아침열기 시간이다. 전교생이 모이고 아침열기 담당 선생님이 돌아가며 이끈다. 아침열기는 한국 대안교육 현장 어디나 비슷하듯 노래를 부르고, 한 주 공부 흐름과 학교 소식, 교사들과 학생들 이야기가 있다. 8시 40분 1교시 메이슨 영어 수업에 들어갔다, 둘이서 짝을 지어 주어진 활동지를 채워 가는데 호주에서 온 여학생과 같이 풀었다. 학생이 주도해서 풀고 나는 곁에서 지켜보았다. 9학년 (9b) 영어수업은 저마다 선택한 주제로 노트북을 사용해서 필요한 정보를 찾고 도움이 필요하면 교사에게 묻고, 자유롭게 교사가 내준 과제를 작성해간다. 교사와 모든 대화는 영어로 하고, 그룹으로 또는 저마다 대화하는 것도 영어를 쓴다. 9b학생들 가운데 티에, 쌘더, 올리버, 세 학생의 이름을 알았다.

1교시 수업을 마치고 10시 20분은 아침 새참(간식) 시간이다. 덴마크 학교는 일찍 시작해서 기숙학교이든 통학학교이든 오전 새참, 오후 새참 시간이 있었다. 기숙학교인 이곳도 새참은 오전, 오후, 밤 새참 세 번 이다. 오전 새참 시간에는 모든 학교 교직원(스탭)이 같이 모여 먹는다. 새참을 먹으며 일상으로 소통하는 자리에서 서로 궁금한 거를 물어보고 대답한다. 한국 교육 현장에서는 규모가 큰 학교에서는 어렵겠지만 작은 학교에서는 가능한 제도일 듯 싶다. 모든 교직원들이 동등하게 함께 새참을 먹고 학교 이야기를 나누면 교직원간 소통과 협력을 위한 정보 교류와 서로 상황을 알 수 있는 시간이 일상이 되고, 학생들 보기에도 좋겠다. 한국의 공교육 현장에서는 교직원들과 교사들이 분리되어 있다. 대안교육 현장은 물론 다르다. 10시 40분, 2교시 알렉스 교감 수업을 줄곧 참관했다. 영어로 글을 쓸 때 주의할 점을 정리해서 알려주었다. 12시 전교생이 모닝어셈블리를 하던 강당에 모였다. 블루북에 관한 안내를 했다. 블루북은 자기 중학시절에 관한 책을 쓰는 프로젝트이다. 수업이나 평소에는 자유로움이 넘치지만 다 모일 때는 정확하게 조용히 시킨다. 12시 30분 점심시간에 탁구 치는 두 친구가 있다. 그런데 9학년이 시험을 치루는 강당 앞이다. 시끄럽게 쳐도 괜찮냐고 물으니 더 시끄럽게 친다. 역시 예상대로 교사가 나와서 다른 곳으로 옮겨갔다. 12시 40분, 9학년이 영어 시험을 치루고 있다. 이번 주가 시험을 치루고 과제를 많이 제출하는 주라고 알렉스가 알려주어서 일부러 시험 치는 모습도 보러 들어갔다, 시험 풍경이 옛날 내 학교 다닐 시절과 비슷한 책상 배치인데, 모두 노트북으로 시험을 보고 있다. 낮 1시 30분, 수업은 역사, 사회, 지리다. 카스텐 교장 수업이다. 9a반 역사 수업을 들어가 볼 수 있도록 배려해주었다. 역시 이미 제출된 과제를 스스로 할 수 있도록 확인하고 학생들마다 노트북을 들고 자료를 정리하고 글을 쓰는 시간이다. 카스텐이 오후 4시에 학교 재정에 관해 자료를 보여주고 이야기를 나누기로 했다.

라이스비 에프터스콜레(Rejsby Europæiske Efterskole) 학생들은 언어가 특화된 교육과정이라 학생들이 전체로 영어로 말하고 듣기를 잘한다. 영어 시간에는 정확한 문법과 어휘 확장, 지식 쌓기 수업을 한다. 교실 분위기, 수업 장면, 수업 문화를 볼 수 있었다. 일단 수업장면에서 모두가 자유롭다. 노트북을 꺼내놓고 혼자서 또는 둘이서 과제를 해결해가다가 궁금한 건 손들어서 교사의 의견을 듣는다. 늘 그룹마다 함께 하는 게 기본이다. 일상에서 협력, 교사의 적절한 도움, 스스로 뭔가를 하는 모습이 인상에 남는다. 학생 수가 2015년보다 많이 늘어서 큰 학교이다. 135명에서 지금은 170여명, 비결이 무엇이냐 교장과 교감에게 물었다. 많은 까닭이 있겠지만 명성을 쌓은 홍보마케팅도 일조했다고 한다. 홍보마케팅 담당자가 직원으로 행정실에 있다. 학교 행정실 알렉스 교감의 컴퓨터 화면스크린이 진짜 크다. 학사행정 전산화가 완벽하다. 교육과정이 에프터스콜레 전체로 공유되어 서로 알 수 있는 시스템이다. 부모가 선택해서 비교할 수 있는 시스템을 갖춰놓은 거다. 어제 말을 걸어준 9학년 학생 크리스틴과 잠깐 이야기를 나누었다. 사촌이 추천해서 이 학교를 선택했고, 공립보다 자유롭고 좋아서 10학년까지 이곳에서 지내고 김나지움을 갈 예정이란다. 대학에 갈 생각을 하는 중이고, 경제에 관심이 많다. 한국 기업 삼성과 현대도 알고, 발표 주제로 1992년 세계경제위기를 준비 중이다. 친구들이 누구랑 벽에 사귄다고 붙여놓았는데 호모섹슈얼 장난이라고 떼서 붙인다. 한국에서 교사는 영어가 필수냐고 물어봐서 아니라고 하니 덴마크에서 필수란다. 복도 쉼터에서 교사 미켈을 만났다.

"나는 교사로 행복하다. 체육, 역사, 사회를 맡기도 한다. 라이스비(Rejsby Europæiske Efterskole)는 4년 됐다, 이전에는 다른 학교에 있었다. 오늘 12시 40분부터 4시까지 전국

에서 10학년 과정 학생들이 영어 시험을 보는데 감독이
다. 학생들이 시험으로 인한 스트레스가 조금 있다. 시험
은 어디서나 비슷하다."

　큰 학교로 성장한 비결이 무엇인가라는 질문에 다양한
까닭이 있지만 지역과 특성화된 교육과정을 꼽았다. 약
속대로 오후 4시 교장실에서 카스텐과 이야기를 나눴다.
라이스비는 9학년 10학년, 16세와 17세 아이들이 사는 기
숙학교로 덴마크 전역에서 오고 독일 브라질에서 온 아
이까지 170여명이다. 재정 상황을 보여주며 한참 이야기
를 나눴다. 정부 보조금이 학부모에게 50프로 직접 지원
되고, 학교에 지원하는 덴마크 교육재정을 표로 보여주었
다. 가정 형편, 부모님의 급여 수준에 따라 보조금 지급 금
액이 다르다. 교장으로서 업무는 나와 비슷하다. 회의가
가장 많다. 역사 과목 수업 빼고는 교직원, 교사와 주로 회
의다. 아침 모닝어셈블리에서 무슨 이야기를 했는지 물
어봤다. 시리아 뉴스를 보여주며 역지사지 관점으로 처지
와 환경에 따라 정의의 기준이 다를 수 있다는 이야기를
들려주었다고 했다. 그는 주마다 특별한 이야기를 채비한
다. 교사들은 학부모들과 만나는 걸 세계 어디나 그다지
반기지 않는단다. 기숙학교라 학부모는 학교 처음 올 때
와 마지막 날에만 학교를 방문한다고 한다.

자유학교 교장 노릇은 공립학교와 다른데 주로 재정 (학생모집과 정부보조금 관련)과 관리(직원과 정부 규제, 시험들)를 책임지는 기업 CEO와 같다. 250개가 넘는 에프터스콜레 가운데 학교, 학년, 지방들을 살려 자기에게 맞는 학교를 고르다 보니 지원률이 학교마다 다르다. 그룬트비와 콜 계열, 기독교 계열, 노동조합 계열, 트빈스쿨 계열, 예체능특성화 계열처럼 여러 형태가 있는데 이곳 라이스비와 같은 국제 언어 중심 에프터스콜레가 26개 정도가 있는데 라이스비는 신입생 모집에 어려움이 없는 상위 학교에 들어간다. 정부보조금이 75%, 학생이 25% 비용을 내는데 학생마다 가정 소득 수준에 따라 차이를 두어 정부보조금이 늘어나기도 한다. 환경과 생태를 특별하게는 다루고 있지 않지만 유기농 먹을거리와 센서 등을 달고 아나바다 활동을 하는 편이다. 에프터스콜레가 기숙학교인 까닭은 공동체 의식을 기르고 그룬트비와 콜의 사상이 흐르는 역사가 살아있기 때문이다. 우리 학교 위치도 구글 지도로 보여주고, 페북 친구가 되었다. 내일은 출장을 가서 못 보겠다. 이번 덴마크 방문 때는 궁금한 걸 많이 물어보게 된다. 질문자가 되어 많이 듣고 스스로 생각해보는 연습을 줄곧 하고 있다. 만나는 학생, 교사, 교장에게 모두 물었는데 다들 스스로 삶에 만족하고 있었다.

1년제 기숙학교 사람들

2023. 5. 10. 수요일. 날씨: 해가 쨍 나지는 않지만
바람 적당히 불고 구름 끼고. (덴마크 4일째)

6시에 잠이 깨서 씻고 한국 소식을 확인하고 급한 일부터 처리했다. 7시에 나가서 오늘도 아침 식사 채비하는 학생들을 도와 사과를 자르고 옮겼다. 7시 30분부터 아침 식사가 시작되는데 먼저 오는 사람은 먼저 먹으면 된다. 오늘은 시리얼과 요플레, 커피로 간단히 아침을 먹고 오전 새참 시간에 빵을 먹을 계획이다. 아침 먹고 방에 갔다 서류 가운데 내가 쓸 것들 작성해서 이메일로 보내고, 8시 40분 시작하는 첫 수업을 들으러 가는데 알렉스가 없다. 곧 온다고 해서 학교 홀에서 앉아 기다리는데 소식이 없다. 급한 게 없는 방문객이니 여유가 생겼다. 맥스가 지나가는데 시간이 있단다. 둘이서 1교시를 하는 셈 치고 50분 대화를 했다. 주로 맥스의 가본 여

행지와 좋아하는 음식, 이곳 생활에 관한 거다. 맥스는 독서와 그림 그리는 걸 좋아하는 수줍어하는 청년이다. 지금은 여자 친구가 없지만 언젠가는 연애를 할 거라고 한다. 이곳 생활이 행복하단다. 행복이 중요한 가치라고 생각한다고 했다. 한국 나이로 치면 고등학교 3학년인데, 예전에 다녔던 기숙학교에서 교사의 삶을 경험하는 청년의 마음을 환한 얼굴에서 읽을 수 있었다, 편안하고 행복하다.

덴마크 에프터스콜레 일상은 한국 대안교육연대 소속 기숙형 대안학교와 크게 다르지 않다. 역시 교육과정 특징에 따라 학교마다 수업이 다르다. 기숙학교 교사의 일상 또한 같다. 돌아가며 당직을 서고 기숙형 학교를 운영하는 일 나누기도 비슷하다. 다만 교사들은 수업을 마치면 저마다 알아서 집에 갈 수 있다. 교사들에게 충분한 쉼과 여유를 보장하는 사회제도 차이가 결정적이다. 더욱이 한국 대안교육 현장은 재정 어려움으로 한 사람이 더 많은 일을 하고 노동 강도가 세다. 덴마크 교사들이 생각하는 교사의 자질, 교사가 지녀야 할 태도, 역량은 무엇인지 만날 때마다 확인하게 된다. 학교를 운영하는 교장, 교감의 일은 한국 교장과 비슷하다.(이사회, 교사와 미팅, 지역 미팅, 학교 운영 총괄...) 교무실은 교감, 홍보전문가, 행정, 관리 및 시설 책상이 있다. 행정실 컴퓨터 화면이 아주 크다. 라이스비 에프터스콜레는 (Rejsby Europæiske Efterskole) 마케팅 전담 직원이 있는 게 특징이다. 학생들은 에프터스콜레 생활을 어떻게 생각하고 느끼고 있는지 물어보곤 하는데 거의 다 "스스로 선택하고 추천을 받아 생각하고 온 곳"이라 만족도가 높다. 기숙사 생활로 얻는 관계 맺기와 공동체 의식 형성의 장점을 잘 알고 있다, 물론 학교마다 다르겠지만 숙제가 어렵다고 했다. 1년 동안 충분히 진로를 탐색하고 여유롭게 자신을 발견할 수 있는 쉼의 시간이지만 이곳은 공부를 많이 한다. 모둠마다 토의하고 저마다 수업을 채비해가는 학생들의 태도가 보기 좋다.

오전에 마야와 잠깐 만나서 궁금한 것들을 물어보았다. 마야는 라이스비 에프터스콜레 (Rejsby Europæiske Efterskole) 홍보와 마케팅 전문가이다. 그녀가 하는 일은 1년에 4회 매거진을 발행하고, 지역에 700부 정도를 우편함에 꽂도록 하고, 관심 있는 학부모들에게 발송한다. 일상으로 학교를 알리는 일을 하는 전문가가 있는 것과 없는 것의 차이는 커보인다. 정말 빠른 인터넷와 정보의 홍수 속에 살아가는 사람들에게 꾸준히 학교에 관한 정보를 알리고, 학교 소식을 지역에 꾸준히 알리는 노력은 아주 중요하다. 내가 맑은샘학교에서 웹자보를 만들고,

마을신문을 펴내고, SNS활동을 꾸준히 하는 까닭도 같은 뜻이다. 한국의 대안교육기관 학교들도 학령인구 감소와 함께 신입생 모집이 점점 더 어려워지고, 수많은 대안교육기관 학교들이 있는 까닭으로 더 홍보가 필요하다. 심지어 아직도 대안교육기관법이 제정되어 대안교육기관이 공식 교육기관이 되었다는 것을 모르는 분들이 많다. 교육부와 교육청이 나서서 더 널리 알려야 하는데 초중등교육법상 학교들을 위한 교육정책과 행정을 펼쳐온 곳이라 여전히 알림이 부족하다. 마야는 비영리단체에서 일을 했고, 방글라데시와 아프리카에서 구호활동을 한 경력이 있다. 아들 하나 딸 하나를 둔 행복한 어머니다. 일주일에 두 번 저널리즘 수업을 맡고 있다. 2시 30분이 퇴근 시간인데 때로는 3시에 갈 때도 있다. 자유롭게 근무를 하는 편이다. 학생들이 쓴 글, 활동 사진, 영상을 찍어 편집해서 홈페이지와 SNS에 올리고 관리한다. 작은 마을과 학교 근무에 아주 만족한다. 많은 이야기를 들려주어 고마워 선물로 엽서와 손수건을 드렸다. 좋아해주셔서 고맙다.

학교 청소를 맡은 도테를 만났다. 복도에서 말을 걸어주셔서 반가웠다. 20년째 근무하고 있어, 2015년 한국 교사단이 라이스비를 방문한 걸 기억하고 계신다. 청소하는 일에 아주 만족하고 있다. 남편이 비행기 타는 걸 안 좋아해서 이탈리아 빼고는 간 곳이 없지만 덴마크 곳곳에 갈 곳이 많아 좋다고 하셨다. 학교가 이전보다 커진 비결을 물으니 모르겠다고 하셨지만 여행도 많이 가고 학생들이 좋아하는 게 비결이라고 생각한다고 말해주면서, 라이스비 에프터스콜레는 사실 돈이 많이 들어가는 학교라고 알려주었다. 작은 선물로 손수건을 드리자 좋아해주셨다.

나흘째 되니 학교 수업과 풍경, 사람들이 친숙해간다. 라이스비 에프터스콜레는 자유로움이 묻어나지만 공부할 게 많은 학교다. 점심 먹고, 한참을 쉬었다. 제임스 영어 수업에 들어갔는데, 금요일에 오늘 조별로 작성한 걸 발표할 거라고 말한 것 빼고는 자유로운 수다다. 시드니에서 온 제시카는 아주 자신감이 넘치고 말을 많이 한다. 서슴없이 이야기를 하는 걸 보니 적극 성격이다. 영화, 음식, 여행, 음식들에 관한 이야기를 30분 정도 나눈 듯하다. 제임스는 산낙지를 어떻게 먹느냐며 튀겨먹어야 한단다. 산낙지를 한국 사람들이 많이 먹는다 하니 놀란다. 제시카는 이탈리아 베니스를 다녀온 경험을 들려주며 식당 물가와 지리, 젤라또 이야기를 해줬다. 한 학생은 기침이 줄곧 난다며 내일 집에 가면 안 되냐고 제임스에게 자꾸 묻는다.

3시 25분에 모든 수업이 끝나고 자유 시간이다. 방에서 쉬면서 한국에서 날라 온 일들을 처리하기 시작했다. 5시 30분 저녁 식사를 든든히 먹었다. 종을 치면 모두 집중해서 바라보고 누군가 말을 한다. 그날의 음식이나 말하고 싶은 걸 한다. 밤참 때는 채비한 학생이 종을 치고 말했다. 잠깐 학교 둘레 산책하는데 농장에서 풍겨오는 냄새가 진하다. 들어오는데 음악 소리가 크다. 들어가서 물어보니 오늘 7시 30분에 콘서트를 한다고 한다. 지역 로컬밴드인데 저녁 식사 때 밥 먹을 때 소개를 공연 소식을 알렸다. 공연은 락 밴드답게 멋졌다. 그런데 학생들이 나서서 춤추고 그런 아이들이 그다지 많이 없다. 뒤에서 한두 아이가 춤을 추지만 다른 학생들은 쑥스러운지 자기 판이 아닌지 들으며 즐기는 정도이다. 우리 중등기숙학교 친구들은 신나게 춤추고 난리가 날만한 락 음악인데도 몸 추임새가 작다. 사실 라이스비 에프터스콜레는 수업 뒤에 다양한 클럽 활동도 있지만 숙제도 많이 한다. 한 시간 음악 공연으로 몸이 들썩였다. 공연 끝나고 밴드 공연자들과 같이 사진도 찍었다.

리버후스 프리스콜레
(Riberhus Friskole)

2023. 5. 12. 목요일. 날씨: 아침나절 흐렸지만
자전거 타기 좋았고, 낮에는 햇살이 따스했다.(덴마크 5일째)

아침을 먹고 알렉스에게 다녀오겠다고 인사를 하고 8
시에 자전거를 타고 리베로 떠났다. 물론 알렉스가 자전
거를 꺼내주었다. 알렉스와 교사들 덕분에 리버후스 프
리스콜레(Riberhus Friskole)를 방문하게 되었다. 자전거로
가는데 14킬로미터, 45분이 걸린다고 찍히는데 막상 처
음 가는 곳이라 약 1시간이 걸렸다. 오는 데는 한 번 본
길이라 45분이면 충분했다. 날씨 바람 없고 구름 끼고
자전거 타기에는 최고의 날씨였다, 중간에 길을 조금 돌
아가서 9시 20분에 리버후스 프리스콜레에 닿았다. 가
는 길에 걸어가는 많은 아이들을 보았는데 모두 학교 학
생들이다. 라이스비 에프터스콜레 교사 마크의 자녀가

다니는 학교라 미리 연락을 해주신 덕분에 만나기로 예정된 라스무스를 만났다. 젊은 교사 라스무스랑 하루를 같이 보냈다. 2015년 잠깐 방문 때 인상과 많이 다르다. 그때는 교장이 전체로 방문단에게 학교 철학과 교육과정을 설명하고 잠깐 학교를 둘러본 기억이 있다. 그런데 이번에는 종일 자유롭고 신나는 경험을 만끽했다. 만나는 아이들마다 달려와 인사를 하고 아는 체를 해서 반가웠다. 다 함께 모이는 모닝어셈블리(아침열기)에 참석했는데 아이들이 낯선 동양인이 신기해서 자꾸 쳐다보았다. 교장이 나를 소개해주었다.

쉬는 시간에 복도를 오가며 학교 구경을 하는데 복도에 두 학생이 보여 가서 인사를 하고 잠깐 이야기를 나눴는데 한 학생이 정말 많은 것을 알려주었다. 초등학생인데 영어를 아주 잘하는 편이다. 어찌나 자신 있게 적극으로 이야기를 건네는지 나도 모르게 빠져들었다. 정말 멋진 어린이들이다. 매크니스와 비쳐는 둘 다 6학년이고 축구를 좋아해서 더 큰 도시 이스비예르 축구 학교를 내년에 간단다. 매크니스가 학교 역사를 설명해줬다. 예전에 대학교 건물이었고, 아버지가 다녔다고 했다. 초등학교 1학년부터 영어를 배우는데 놀이로 재미있게 배운다고 했다. 낮은 학년 교실은 시끄럽고, 중등 교실은 조용한 편이라고도 했다. 워낙 영어를 잘하고 말을 잘해서 내친 김에 본인이 느끼는 프리스콜레와 폴케스콜레 차이를 물어보았다. 학급당 학생 수가 차이 나고(공립은 30명쯤인데 바로 옆에 있는 학교는 총 600명이 넘고, 사립 인 리버후스 프리스콜레 이곳은 총 320명쯤 되고 교실마다 21명쯤 된다), 공립학교는 무료인데 본인이 다니는 학교는 학비가 비싸다고 했다. 부모가 보내줘서 고마운 거라고 하니 웃으며 그렇게 생각한다고 했다. 또 리버후스 프리스콜레는 프로그램도 많고 수업의 질이 높고, 교사들이 더 대단하다고 했다. 그래서 본인은 만족하고 행복하다고 했다. 졸업해도 이곳이 그릴 울 거라는 매크니스 이야기를 들으며 학교에 대한 자부심이 크다는 걸 느꼈다. 한국의 학생들은 본인 학교에 대한 자부심과 자랑거리를 얼마나 지니고 있을까. 어른들은 명문대 진학 플랭카드를 건다지만 우

리 아이들에게는 급식과 친구 빼면 학교 교육과정과 선생님들이 얼마나 자랑스러울지 말이다.

종일 라스무스를 따라 다녔다. 첫 수업은 초등 2학년 수학이다. 이번 수업은 수학 시간에 줄곧 해오고 있는 그래프 만들기다. 모둠마다 사전 조사(학교 공간, 또는 학생 수, 학교 문…)를 위해 학교를 돌아다니며 모두 숫자로 조사를 해 놓은 터라 오늘은 8절지에 그래프 (자와 연필)를 그리고 같이 색칠하는 것까지 한다. 학교에 학생 수가 얼마나 되는지, 학교 교실은 몇 개인지, 학교 문은 몇 개인지 모둠마다 다르게 조사 항목을 달리해, 세어 놓은 숫자는 그래프로 다 더한 숫자까지 한 눈에 알아볼 수 있도록 그림으로 그리고 색칠해 꾸몄다. 우리 학교에서도 그래프 공부로 하는 것들이라 반갑고 일놀이 수학을 알맞게 배치해 공부하는 게 보기 좋다. 사진을 많이 찍었다. 낮은 학년에서 재미나게 자주 해볼 만한 활동거리다. 교실에 노트북은 1대가 배치되어 있다. 필요할 때만 돌아가며 쓴다. 참 교실 아이들은 총 17명이다. 교실 수업을 마치고 더 재미난 활동놀이 수학을 하러 갔다. 학교 모닝어셈블리 장소에는 크게 99까지 쓰인 네모 칸이 있다. 놀이 방법은 7의 배수, 구구단 놀이다. 숫자판 둘레로 동그랗게 서서 돌아가면서 숫자를 세어가고 자기 차례에서 크게 말한다. 7, 14, 21... 그런데 7의 배수가 걸린 친구는 붐이란 말을 하고 숫자 위로 들어간다. 369놀이처럼 숫자를 세다보면 잊어먹곤 해서 끝까지 가는 게 목표다. 잘한다고 특별한 보상은 없다. 이번에도 아쉽지만 99까지 가지는 못했다.

교실로 돌아와 한국 전통놀이 제기차기를 가르쳐주었다. 서로 해보려고 나서는 어린이들은 세계 어디나 비슷하다. 한 발로 차기부터 발 들고 차기, 양말 차기, 단계별 놀이와 차는 방법을 알려주었다. 라스무스가 구글로 검색해서 학생들에게 제기차기의 역사를 덴마크어로 알려주었다. 11시 30분이 점심시간이다. 기숙학교 빼고 덴마크 프리스콜레와 폴케스콜레에서는 학생과 교사 모두

도시락을 싸가야 한다. 프리스콜레와 폴케스콜레(공립학교) 모두 통학형이고, 학생들은 도시락을 싸서 다니고, 교실마다 냉장고가 있다.

오후에는 초등4학년 수학 수업에 라스무스랑 같이 갔다. 학생은 15명이다. 교실에 저마다 쓸 수 있는 노트북 배치되어 있다. 4학년부터 수업 때 모두 사용한다. 저마다 진도가 다르나 4학년 단계를 노트북으로 푼다, 수학 게임이 다양하고 문제도 난이도별로 나가게 프로그램이 구성되어 있고 덴마크 모든 학교에서 접속해서 쓰고 있다. 역시 노트북을 쓰다 보니 문제 풀다 게임하고, 재밌는 영상 찾아 얼른 보고 다시 문제 푸는 학생이 있다. 초등학교 수업을 마치고 7학년 체육 수업을 하는 실내체육관으로 갔다. 프리스콜레와 폴케스콜레는 모두 초중등 9년제 학교다. 실내 체육관이나 널찍한 운동장을 볼 때마다 많이 부럽다. 한국의 도시에 있는 대안교육기관의 현실 때문이다. 배드민턴을 치는데 두 패로 나뉘어 한 사람씩 줄을 서서 번갈아가며 치는 방법으로 하니 아주 재미있다. 중등 아이들이 정말 밝다. 음악을 틀고 운동을 하는데 춤을 추기도 하고 유쾌하고 자유스러운 분위기를 만들어낸다. 21명이 참여하는 한바탕 몸놀이로 땀을 흠뻑 흘렸다. 운동을 아주 잘하지는 않지만 웬만한 몸놀이는 날래게 하는 편이기도 하고, 제법 잘하는 걸

보고 학생들이 손뼉을 많이 쳐주었다. 역시 전 세계 어디를 가더라도 아동청소년들에게는 몸놀이가 가장 인기 있다. 하루 종일 함께 지낸 라스무스와 교사실에서 차를 마시며 이야기를 나누었다.

"학교 중심 철학은 자유, 책임, 함께, 존중이다. 교사 미팅은 한 달에 두 번쯤이다.(우리 학교는 일주일에 1~2번이라니 왜 그런지 물었다.) 학부모 만남은 1년에 2회이다. 그것도 되도록 이메일로 한다. 학생에게 문제가 있을 때만 상담을 하고, 문제없으면 굳이 하지 않는다. 교사간 협력은 학년마다 팀으로 되어 있어 익숙하다. 경계성아동들이 있고, 보조교사가 배치된다. 한 교사가 두세 과목씩 가르친다. 나는 수학과 체육을 맡고 있다. 폴케스콜레(공립학교)와 차이를 들자면, 우리 학교는 학생 수가 적고, 더 많은 프로그램이 있다. 공립은 학비가 무료지만 프리스콜레는 학비가 일부 있다. 여행은 4학년부터 시작해서 학년마다 차례로 덴마크와 유럽으로 간다. 고학년은 미국 뉴욕으로 간다. 무엇보다도 프리스콜레 교사들은 열정이 많다. 교사 두 사람이 공동담임으로 학생들과 4년을 지내니 교사와 학생 사이 친밀도가 아주 높고 서로를 잘 이해한다. 한 반에 학생은 21명쯤이다."

낮 2시 30분, 라스무스와 대화를 끝으로 리버후스 프리스콜레 일정을 마치고 교장에게 하루 지내게 해준 데에 대해 감사 인사를 하고 간단한 선물을 드렸다. 종일 같이 지낸 라스무스랑 기념사진을 찍었다. 열정 넘치는 라스무스와 리버후스 프리스콜레 학생들이 늘 행복하고 건강하기를.

학교는 아이들을 위해 있다.

조금 피곤해서 일찍 잠자리에 드는데, 행복한 덴마크 학교들의 특징들이 하나둘 눈에 익어간다. 문득 2015년 덴마크 첫 방문 때 Torben Vind Rasmussen 뢰스링에 에프터스콜레 교장(현 덴마크 에프터스콜레협회장)이 들려준 이야기와 학생들의 이야기가 생각났다.

"에프터스콜레는 학생들의 행복에서 배움이 일어나는 곳이다. 학생들이 행복하게 생활하며 서로 평등한 존재임을 배운다. 그래서 학업 만족도가 높다. 150년 전 폴케스콜레와 프리스콜레 두 개의 시스템으로 학교가 흘러왔다. 자유학교가 공립학교에 준 영향이 아주 크다. 그룬트비와 콜의 교육 정신대로 살아있는 말과 노래, 몸과 마음이 함께 하려면 몸을 많이 움직여야 한다는 것, 학생과 선생은 동등한 존재임을 실천해 덴마크 교육의 바탕으로 자리 잡게 했다. 그런데 덴마크 교육도 최근 변화 조짐이 있다. 일부 정치가들이 세계 교육 흐름에 편승해 시험을 더 늘리고 정부에서 더 학교에 요구하는 게 많아지는 것에 대해 사회 전체로 논의가 되고 있는 실정이다. 정치가들이 문제다. 교육이 사회를 바꾼다는 폴케오프뤼스닝은 살아있다. 작은 학교에서 작은 공동체를 형성하고, 학교에서 행복한 아이들을 본 학부모들이 교육 체제에 대한 자신감을 갖고 참여하며, 지역사회 결합으로 학교와 사회를 변화시킬 수 있는 원동력이 나온다."

"에프터스콜레에 다니는 까닭은 148명의 친구들과 친밀감, 뭔가 새로운 흥미를 찾을 수 있어서다. 대단히 만족한다. 사람마다 다양한 욕구가 있는데 나는 여기에서 그걸 찾았다."

"나는 친구가 가서 따라왔는데 와보니 좋다. 만족한다."

"언니가 에프터스콜레를 다녀서 나도 하고 싶어졌다. 덴마크 여러 곳에서 온 친구들과 사귀고도 싶었다. 공동체의식을 배우고 서로에게 영향을 주며 살고 있다."

"공립학교와 에프터스콜레와 차이는 이곳은 선택과 자율성이 더 있다. 공립학교는 그냥 다녀야 하는 곳이란 의미가 더 많다. 열정, 참여도, 토론 가장 중요하게는 교사와 학생 사이가 서로 가족 관계 같다는 것이다. 선생님들이 좋다. 선생님들이 친구 같다. 늘 대화를 한다. 늘 행복하기 때문에 행복할 때가 언제인지 묻는 질문에는 대답하기 어렵다."

"식사는 학생 여덟 명과 교사 1명이 모둠으로 한 탁자에서 먹는다. 원하는 걸 공부하기 때문에 더 많은 걸 배울 수 있다고 생각한다. 학습 의지가 강한 친구들이 많아서 동기부여가 되고 스스로 준비를 해야 된다고 생각한다. 안 그런 애들도 있긴 하다. 자신을 더 잘 알게 되는 학교다. 학생들을 위해 학생상담사가 3명 있어 진로 찾기에 도움이 된다."

"처음에는 동무들과 친해지기 위해 서로에게 질문 던지기 같은 스피드데이팅을 하고 함께 여러 활동을 하면서 갈등 해결을 한다. 자꾸 섞이도록 모둠을 구성하고 모든 사람이 모두를 알도록 한다. 문제를 해결하는 방법을 찾아내도록 하는 것은 배움의 과정으로 본다."

아릴드 프리스콜레
(arrild Friskole)

2023. 5. 12 금.
날씨: 그림처럼 예쁘다.(덴마크 5일째)

    날이 좋으면 사람은 기분이 절로 좋다. 정말 그림처럼 예쁜 하늘과 햇살이다. 아침 먹고 리베보다 더 시골 지역에 있는 아릴드 프리스콜레(arrild Friskole)를 방문했다. 내가 초등학교에서 일하는 줄 아는 터라 메이슨과 학교에서 둘레 프리스콜레 방문 기회를 일부러 만들어주셔서 고맙기만 하다. 1년 계약으로 와 있는 프랑스어 여교사가 운전을 해주었다. 오가며 두런두런 이야기를 나누는 즐거움이 있다. 학교에서는 거의 만날 기회가 없었는데 본인도 다른 학교에 방문할 기회가 되어 흥미롭단다. 프랑스 학생들도 학교에서 압박감이 크다고 한다. 그래서 둘이서 덴마크와 스칸디나비아 반도 교육시스템을

https://arrildfriskole.dk/ Skærbækvej 16 Skærbækvej
16, 6520 Arrild,

많이 칭찬했다. 오가며 학창 시절과 학교에서 지내는 이야기를 많이 나눴다.

　Mie Møller 교장 안내로 아릴드 프리스콜레를 2시간 정도 둘러보았다. 어제 리버후스 프리스콜레와 아주 다르다. 시설과 규모에서 큰 차이가 있다. 리버후스 프리스콜레는 리베 시내에 있고, 아릴드 프리스콜레는 시골에 있어 둘레 풍경과 만들어내는 분위기가 참 다르다. 아릴드 프리스콜레는 마치 네플릭스 영화 〈 리타〉에서 본 시골의 프리스콜레와 정말 닮았다. 학교를 모두 둘러 본 뒤 3,4학년 교실에서 귀여운 아이들을 만났다. 수업 가운데 따로 시간을 마련해서 나와 대화를 하게 해주었다. 내가 먼저 아이들에게 질문을 했다. 나는 행복한 덴마크 학생들을 만나고 싶어서 아주 먼 나라 한국에서 왔다는 자기소개를 하고 다들 행복하냐고 물었다. 어린이들은 세계 어디서나 스스럼없이 정직하게 말한다. "행복하다."고 크게 말해주었다. 학교를 소개해 달라니 행복한 학교라고 자랑이 대단하다. 어머니가 한국인인 어린이가 있으니 또 반갑다.

　미리 들고 간 한국 제기를 선물하며 제기차기를 알려주었다. 제기차기를 보여주니 다들 해보려고 한다. 어린이들은 언제나 호기심 많다. 한국에 관한 질문이 쏟아졌다. 음식 유명한 게 뭐냐고 물어서 비빔밥과 김치를 알려주었다. 한국 언어가 있느냐 묻기도 했다. 한국전쟁으로 남과 북이 세세에서 유일하게 분단되어 있다는 이야기를 해주니 다들 놀라서 북한에 가본 적이 있냐 물었다. 그래서 한반도에서 가장 높은 산, 백두산을 이야기해 주었다. 한국에 있는 맑은샘학교 학생들과 중국을 거쳐 백두산에 갔는데, 백두산이 중국과 북한 땅 경계라 오른발은 북한 땅, 왼발은 중국 땅에 발을 디딘 셈이니 북한에도 가본 적이 있다고 했더니 웃었다. 뭘 가르치는지 물어서 초등학교 선생이니 모든 과목을 가르친다고 했다. 뜨거운 질문 공세와 즐거운 제기차기로 나도 신이 났다. 밝고 환한 아이들의 몸짓과 웃음은 언제나 둘레를 살아나게 하고 즐겁게 한다. 맑은샘학교 아이들이 많이 생각난다.

어린이집도 같이 운영하고 있는 학교라 애기들이 있는 공간도 안내를 해주었다. 돌봄을 맡은 느긋하고 여유 있는 선생님들을 만났다. 넓은 운동장이 두 곳이고, 작은 숲에서 놀 수 있는 공간도 있다. 자연 속에 자리 잡은 학교 풍경이 참 아름다웠다. 덴마크 올 때마다 충분한 교육 공간과 자연 환경이 많이 부러웠다. 아릴다 프리스콜레 학부모였던 경찰관이 학교에 와서 아이들에게 안전에 대해 설명하고 놀이를 같이 하는 모습이 정겹다. 작은 시골 마을 학교 풍경과 맑은샘학교랑 많이 닮았다.

Mie Møller 교장이 교장실에서 자세한 이야기를 들려주
었다.

"공감과 인식, 보살핌과 안전, 학생 개성과 교육의 전문
성, 지역사회와 협력과 존중을 중요한 가치 기반으로 삼
고 있다. 어린이집을 먼저 세우고 2019년 프리스콜레를
열었다. 유치원, 10학년까지 약 60명. 교사 8명이 살고 있
다. 2층 교회 건물을 다시 고쳐서 학교로 쓰고 있다. 실
내 공간은 좁지만 아기자기 알차게 교실과 교육 공간을
구성하고 있다. 층계가 가파른 곳도 있지만, 목공실, 도
서실, 음악실, 쉼터가 모두 아늑하다. 수업은 오전 8시 15
분에 시작된다. (돌봄이 필요한 학생을 위해 오전 6시 30분부터 돌
봄교실이 있다). 수업은 45분씩 하고, 20분에서 30분의 자
유 시간이 있다. 식사 시간은 45분이다. 저마다 가져온
점심 도시락을 먹고 충분히 쉰다. 아이가 아프면 아침에
전화해서 알려주도록 학부모들에게 알린다. 그래야 교
사들이 기다리지 않는다. 작은 학교라 가족 같은 친밀감
이 있다. 교실마다 출석 현황을 아이들과 선생들 사진
자석으로 표시해 놓는다. 학교가 바라는 학부모의 기대
는 다음과 같은 말로 표현할 수 있다. "함께라면 가장 먼
곳에 도달할 수 있다". 학부모와 함께 만들어가는 학교
는 학부모의 참여가 아주 중요하다. 학교에서 열리는 회

의 및 행사에 참여하고, 학교에서는 뉴스레터와 학교 웹사이트를 통해 학교로부터 최신 정보를 제공한다. 학부모는 수업 시간에 참여하기도 하고, 학교에 필요한 여러 일들을 돕는다. 또한 학부모는 자녀의 학교 규칙 준수에 대해 공동 책임을 진다. 부모가 학교에 참여하면 아이들은 학교가 중요하다는 것을 경험하게 된다. 학부모는 학교, 학교 직원, 자녀, 다른 학부모들과 친밀하게 지내며 교육공동체에서 자신의 의견을 표현할 수 있다. 등하교 교통안전 규칙과 자전거 탈 때 복장등 지켜야 할 규칙을 잘 지키고 있다. 해마다 학생들은 3일간 수학여행을 간다. 0~5학년 학생들은 학교에서 적당한 거리를 두고 함께 여행을 가고, 학교에서 가장 높은 학년이 덴마크의 더 큰 도시로 여행을 떠난다. 학생들에게 학교의 가치에 부합하는 경험으로 극장, 주제 주간, 운전 강습, 직업과 교육, 가족, 건강 및 성교육, 운동하는 날이 있다. Arrild Friskole는 수년 동안 연극을 해왔다. 학교 전체가 프로젝트를 진행하고 있지만 방식은 다르다. 우리는 음악, 드라마, 춤, 풍경에 중점을 둔다. 학생들은 장면, 조명, 음향, 의상, 메이크업, 아이디어부터 작품 실행까지의 실제 과정 등 모든 것을 수반하는 대규모 작품이 어떻게 제작되는지에 대한 통찰력을 얻는다. 동시에 표현의 수단으로 드라마를 사용하려는 학생들의 욕구와 기술이 개

발되고 연극의 의사소통 형태, 즉 신체 언어의 발달, 무대에 설 수 있는 용기와 기회에 대한 통찰력과 즐거움을 얻게 된다. 아이들을 사랑하는 사람이면 누구나 교사가 될 수 있다."

점심시간 전에 라이스비 에프터스콜레로 돌아왔다. 짧은 반나절이었지만 인상에 남는 학교다. 시골 마을과 학교가 돌봄과 교육을 함께 하며 행복한 마을교육공동체를 가꾸는 아름다운 작은 학교 Arrild Friskole가 많이 생각나겠다.

금요일, 저녁이 있는 삶

점심 먹고 오후 날씨가 정말 좋아 모두 밖에서 수업이다. 바깥수업으로 운동장 두 곳에서 체육수업과 태양광에너지 수업을 하고 있다. 체육수업은 창던지기와 공 주고받기들을 하며 체육의 역사와 운동 자세, 몸의 쓰임을 연결하는 수업이다. 학생들이 심한 장난을 쳐도 교사가 화를 내지 않은 장면이 눈에 들어온다. 물론 화내는 장면도 있으니 오해마시라. 교실 쪽으로 오니 10학년 학생들이 그룹으로 복도 쪽 작은 쉼터에서 공부를 하고 있다. 날씨 좋은데 왜 여기 있느냐 물으니 "그러게요." 하면서 "학교니까." 간단하게 대답한다. 학교니까 수업하지 아니면 나가서 놀지 뭐 이런 투다. 마지막 교시가 끝나자 집에 가는 학생들이 떠난다. 주말이면 집에 갔다

일요일에 귀교하는 반 기숙학교 일상이다. 집이 먼 학생들은 주말마다 가지 않고 한 달이나 두 달에 한 번쯤 가기도 한다. 점심 식사 때 만난 맥스는 2주 인턴을 마치면 직업 구해야한다고 한다. 혼자 독립해서 살고 있고, 도서관에서 일하고 싶다고 했다. 내일은 리베 구경 갈 거 같다고 한다. 프랑스어 스페인어 교사 둘은 내일 일찍 코펜하겐 간다고 나선다. 아침에 태워줘서 고맙다고 손수건을 선물했다. 빨래를 세탁기에서 꺼내 게스트하우스 방이 있는 건물 바로 앞에 있는 축구대 위에 걸어서 말렸다. 바람이 살랑살랑 불고 햇볕이 강렬해서 금세 마르겠다.

날이 좋아서 일몰이 멋있다는 학생 말을 듣고 자전거 타고 나섰다. 내일부터 수업 없는 주말이니 1시간 걸려 자전거를 타고 가 Netto 가게에서 맥주를 샀다. 돌아오는 길에 홀로 자리를 잡고 아름다운 석양을 보며 맥주 한 캔을 마셨다. 한참을 유채꽃밭 위에서 펼쳐지는 아름다운 일몰을 봤다. 작은 기쁨이 행복의 비결이라고 덴마크 사람들이 그러더니 지금 딱 그렇다. 한국에서는 한때 저녁이 있는 삶을 꿈꾸며 덴마크가 많이 소환되었다. 휘게 스타일이란 말이 매스컴에 등장하고 많은 사람들이 우리 사회도 그러기를 바라는 마음이 간절했지만 바뀌지 않는 한국 사회에 절망하곤 했다. 신자유주의 체제 아래 한국 경제 체제는 여전히 노동자들이 일을 많이 하는 사회이다. 노동 강도는 세고, IMF 체제 이후 비정규직 노동자들의 고용 불안과 저임금은 여전하다. 착시효과라 했던가. OECD선진국 대열에 들어선 한국은 과거보다 경제 규모가 커지고 1인당 국민총소득이 3만 달러를 진작 넘었다지만 빈부격차는 크고 중산층은 줄어들었다. 해마다 물가는 올라가는데 실질임금은 낮으니 가난한 사람들이 늘어난다. 그런 한국 사회에서 일부는 임금을 보충할 방법으로 투잡 쓰리잡을 뛰며 부족한 가계 소득을 늘리거나, 코인이나 부동산 투기라는 광풍에 합류한다. 많이 일하는 사회의 임금노동자로 살아가는 삶은 여전히 팍팍하다. 그러니 저녁 있는 삶이란 정치구호의 등장에 환호했다. 빠른 경제성장에 걸맞은 사회 복지 체계를 아직 갖추지 못한 한국 사회는 북유럽의 사회보장 제도를 부러워하며 우리 사회의 혁신모델로 꼽는다. 또한 북유럽 선진 교육과 신뢰의 사회체제가 만들어낸 저녁 있는 삶을 본받기 위해 한국의 수많은 정치가와 교육 관료들이 북유럽 교육선진국을 방문해오고 있지만 한국 사회는 변하지 않고 있다.

한국 경제 현실과 사회 상황 속에서 한국의 대안교육 기관 학교에서 일하는 교사의 노동 조건은 더 어렵다. 교육운동을 위한 대안교육 현장의 사람들은 기본으로 운동가, 활동가다. 한국의 비영리단체에서 일하는 삶과 같다. 그러니 오랫동안 최저임금과 노동 강도가 센 교육 현장의 어려움을 온 몸으로 받아 안으며 살았다. 교육의 공공성을 실천하지만 공적 재정이 들어오지 않는 현실이 고스란히 반영된 교사들의 삶이었다. 더욱이 공적재정 없이 민간의 힘으로 세우고 운영하는 교육기관의 교장 노릇은 또 특별하다. 대안교육기관 학교 18년차 교사로 살아온 내 삶이 그렇다. 주말과 밤낮을 크게 신경 쓰지 않고 입학 및 많은 상담과 교육공동체를 가꾸고 학교를 널리 알리는 일을 했다. 학교 교육 재정이 부족하니 교사를 충분히 뽑지 못한 상태에서 때로는 목수, 요리사, 운전기사, 농부, 낚시꾼처럼 교육 활동에 필요한 다양한 노릇을 해야 했다. 학교 운영과 행정을 총괄하니 서류와 회의가 아주 많아 눈병이 나고 손목이 시큰거리는 삶이 일상이다. 누가 시켜서 한 일이 아니라 교육운동을 하는 자각과 열정이자 정체성이었다.

그러니 저녁이 있는 개인과 가족의 삶은 먼 이야기였고, 아이들과 행복하게 살기 위해 교사가 되었지만, 노동자이자 학교 운영자, 운동가와 활동가의 삶을 살아내기 위한 노릇에 온 정성을 다했다. 누가 그렇게 살라고 했느냐 물음도 있겠지만 대안교육 현장의 교사들의 첫 마음이 그랬다. 세월이 흐른 만큼 부모와 교사의 생각도

바뀌어서 지금은 운동가와 활동가의 삶보다는 직장인으로서 교사의 삶과 초창기 부모들과 다른 부모 세대의 출현을 말하는 분들도 있다. 교사들의 근무 조건과 급여는 과거보다 큰 진전이 있었지만 한국 공교육 교사들과 견주면 여전히 열악하고, 학령인구 감소와 신입생 감소 여파에 따른 학교 교육 재정 위기에 따라 낮은 임금마저 삭감해서 버티거나 심지어 대안교육 현장을 떠나는 교사도 늘어가는 안타까운 현실을 마주하고 있다. 대안교육기관 학교의 지속가능성은 다름 아닌 교사의 존재 여부다. 학생이 없으면 교사도 없다는 건 당연하다. 최저생계비도 줄 수 없는 학교에서 열정과 헌신만으로 교육 운동 차원으로 살아내는 몫은 갈수록 어렵다. 스스로 뚜렷한 신념과 철학으로 운동을 결의한 삶이 아니고서야 쉽지 않다. 한 번 뿐인 인생이기에 언제나 그렇듯 자신의 판단과 선택으로 결정할 삶이다. 정치를 바꾸어 저녁 있는 삶이 가능한 체제와 노동 중심의 사회를 만들어낼 수 없다면 우리가 선택할 가치는 뚜렷하다. 열정과 헌신의 삶을 즐겁고 경쾌하게 줄곧 할 수 있도록 스스로를 세우고, 뜻이 맞는 분들과 교육공동체를 가꾸어 나와 둘레, 마을과 세상을 바꾸려는 정성스러운 삶을 가꾸는 것만큼 아름다운 일이 어디 있을까.

덴마크에서 누리는 잠깐의 여유와 사색 속에서 스스로를 세우고 함께 꿈꾸고 가꿀 교육공동체를 떠올렸다. 저녁 있는 삶은 스스로 만들어내고 함께 가치 있는 삶을 만들어내는 여유이다. 그럴 시간과 여유를 더 즐겁게 만들어내려는 성찰 속에 과거의 부족한 나와 미래의 내가 있다. 즐거워야 오래 할 수 있고, 함께 해야 멀리 갈 수 있다. 내가 사랑하는 사람들, 나를 사랑하는 사람들과 아름답고 뜻있는 삶을 살기 위해 욕심을 버리고 나를 내려놓고 첫 마음을 떠올리며 살아야 저녁 있는 삶이 주는 행복을 누리지 않을까. 저녁 있는 삶은 끝내 나와 우리가 행복한 삶, 나와 함께 하는 사람들이 행복한 삶이다. 인생은 좋은 삶을 살기 위한 여정이다. 남편과 아버지로, 형제로, 시민으로, 대안교육기관 교사로, 동료로, 동지로 살아가는 여러 노릇을 다 잘하려고 노력하지만 그럴 수 없다는 현실과 부족한 내 인격을 잘 알기에 지금은 충분히 쉬고 다시 열정과 꿈을 세울 때다. 덴마크에서 행복한 사람들을 보며 홀로 고독을 즐기며 떠올리는 마음이다. 어둑어둑한 10시쯤 학교 숙소로 돌아왔다. 자전거를 제법 탄 거라 몸이 노곤하다. 이제 이곳도 하루 남았다. 내일 리베 다녀온 뒤 슬슬 짐을 싸야 한다.

홈스테이

2023. 5. 14. 일요일. 날씨: 낮에는 햇빛이 세고
아침저녁으로 선선하며 약간은 춥다.(덴마크 7일째)

알렉스 교감의 배웅 속에서 리베를 떠나 오덴세역에
서 제자 희주를 잠깐 만난 뒤 스벤보르 역에 잘 닿아 버
스를 타고 베스터스케닝게 프리스콜레(Vester Skerninge
Friskole)앞 정류장에 내렸다. 교장 토마스가 반갑게 맞아
주었다. Vester Skerninge는 작은 시골 마을인데 600명
쯤이 살고, Vester Skerninge Friskole는 150년 역사를 지
닌 학교다. 학교에서 토마스 차를 타고 3분도 안 돼 토마
스 집에 닿았다. 집이 정말 예쁘다. 150년 전 농가를 20년
전에 사서 개조했다고 한다. 앞 정원과 뒤뜰을 아내 비
키가 다 가꾼다. 내가 묵을 1층 방에 짐을 내려놓고 토마
스 안내로 집 곳곳을 둘러보았다. 저녁 채비하는 냄새가
좋다. 토끼장, 아이들이 타던 방방이, 그리고 큰 배, 앞뜰

에 심어진 꽃과 나무들이 눈에 들어왔다. 큰 배는 올해 장만한 건데 그 전에는 배 타고 스웨덴도 갔다고 한다. 맥주를 마시며 둘이서 1시간 넘게 이야기를 했나보다. 학교 철학, 프리스콜레, 한국방문단 이야기, 한국의 교육 상황, 맑은샘학교, 정부 정책, 학교 활동을 주제로 광범위하게 이야기하며 서로에 대한 대략의 감을 잡았다.

저녁은 빵과 이름이 기억 안 나는 음식이다. 아들 이름이 노아다. 8학년이다. 넷이서 한참 이야기 했다. 노아가 영어를 잘한다, 내 덴마크 방문기를 들려주었고, 우리 학교와 가족 소개도 했다. 토마스와 비키는 두 분 다 교사다. 비키는 에프터스콜레 교사다. 다섯 아이가 있는데 네 아이는 큰 애들이라 자립해서 다 다른 도시에 산다. 저녁 먹고 설거지는 아버지와 아들이 척척 한다. 토마스가 동네 드라이브를 시켜줬다. 멋진 항구가 바로 근처였다. 멋진 보트들이 항구에 있고, 낚시 배는 조금, 거의 다는 레저용으로 도시 사람들 것이란다. 학교 이사회 의장이 낚시를 하고 있다고 인사시켜주었다. 바다와 노을, 배가 멋지다. 멋진 바다 풍경을 방문 첫 날부터 보여주었다. 기숙학교 에프터스콜레는 학교에 게스트하우스가 있어 학교에서 자고 먹을 수 있는데, 통학학교인 프리스콜레는 따로 머무를 곳이 없어 협회에서 홈스테이를 알

아봐주었다. 토마스 교장이 기꺼이 본인 집에서 머무를
수 있도록 배려해주어서 정말 고마웠다. 그래도 혹시 민
폐를 끼치거나 실수를 할까봐 조심스럽고 신경이 쓰였
다. 첫 날이라 씻는 것도 조심이지만, 워낙 식구들이 따
듯하게 맞아준 탓에 마음이 편했다. 준비해 간 한국선물
을 기쁘게 받아서 좋다. 내일 아침밥은 7시, 7시 10분에
토마스랑 같이 학교에 가기로 했다.

토마스와 Vester Skerninge Friskole

2023. 5. 15. 월요일. 날씨: 날이 줄곧 좋다. 햇볕이 강하다.
3시쯤에는 한차례 소나기가 쏟아졌다. (덴마크 8일째)

6시에 일어나서 씻으러 가는데 토마스는 벌써 거실에 앉아 노트북을 보고 있다. 아침 식사는 빵과 치즈, 차다. 브라운브레드라고 덴마크 전통 빵을 알려주었다. 한국에서는 주로 무엇을 먹냐 물어봐서 밥과 국이라고 했지만 사실 요즘 한국인들도 아침을 거르거나 간단하게 먹는다고 했다. 토마스가 빌려 준 자전거를 천천히 끌고, 토마스랑 같이 학교까지 걸어갔다. 약 5분-10분 사이다. 자전거로는 5분 안에 갈 수 있다. 토마스가 나중에 집으로 돌아가는 길을 잃어버리지 않도록 자세히 마을길을 알려주었다. 학교 들어가는 길을 따라 교무실까지 죽 이어져 있는데 학교가 넓다. 2018년에 방문했을 적 겨울 아침 풍경과 참 달라 낯설었다. 프리스콜레는 1학년부터 9

학년 또는 10학년까지 있는데 이곳은 이전보다 큰 규모로 성장해있었다. 학생 수가 230명이다. 모닝어셈블리 시간까지 시간이 있어 놀이터로 갔더니 스뷀뵈이닝이라 불리는 짚라인를 타는 아이들이 있었다. 블랙핑크와 BTS팬인 이 어린이들 덕분에 심심하지 않고 틈날 때마다 달려와 나에게 케이팝 이야기를 했다. 물론 아직 영어를 능숙하게 하지 못해 서로 서로 도와가며 나에게 질문을 쏟아내었다. 덴마크는 1학년 때부터 외국어 교육을 시작한다. 영어는 1학년 때부터 시작해 3학년까지는 줄곧 노래와 놀이로 영어를 하고, 4학년 때 읽기와 쓰기를 들어간다. 독일어도 4학년 때부터 배울 수 있다고 했다.

모닝어셈블리는 교사와 학생 모두가 모이는 시간이다. 다 함께 모여 노래를 부르고, 중요한 학교 흐름과 생일, 서로 하고 싶은 말을 하는 시간은 언제 봐도 행복하다. 우리 학교와 같다. 특별한 손님이 왔다며 나를 소개해주었다. 짧은 시간이라 핵심만 짚어서 토마스가 모두에게 잘 알려주었다. 1교시는 토마스가 학교 둘레를 소개해주었다. 150년 전 설립된 학교 역사와 건물, 건물마다 20년, 15년 전에 지어진 건물에 관한 이야기, 학부모들이 작업해서 만들어놓은 놀이터, 곳곳에 큰 돌이 있었는데 오래된 화산 분출로 생긴 것으로 노르웨이랑 핀란드에서 내려온 돌이란다. 큰 돌을 그물에 넣어 새가 부리로 들고 날아가는 조각물이 있었는데 토마스가 재미나게 "돌을 베이비로 생각하는 새"라고 해서 함께 웃었다. 낮은 학년 1, 2, 3학년이 쓰는 건물, 중학년인 4, 5, 6학년이 쓰는 건물, 고학년인 7, 8, 9학년이 쓰는 건물을 차례로 돌아보았다. 큰 홀을 중심으로 교실 세 개가 연결되어있다. 규모만 다를 뿐 우리 학교 2층, 3층과 비슷하다. 중요한 정보인 화장실 위치, 점심시간을 잘 알려주었다. 통학학교인 프리스콜레는 기숙학교인 에프터스콜레와 달리 점심을 싸가지고 다닌다. 교사실에 빵과 잼, 치즈가 있어 저건 뭐냐고 물으니 오늘은 생일 있는 사람이 많아서 특별한 날이라 그렇단다. 오전에는 4학년 교실에 들어가서 수업을 참관했다. 나를 위해 교사가 영어로 수업 소개를 해주었다. 철학 수업인데 주제가 "인내"다. 먼저 그룹마다 이전에 그린란드 생태(순록과 동물) 그림을 그리고 영어로 설명한 8절지 종이를 차례로 돌아가며 영어로 발표했다. 보고 읽는 건데 수줍어하는 학생들은 교사가 대신 읽어주었다. 아이들은 천천히 다 읽어내기도 했다. 그리고 본 수업인 "인내"에 대해 교사가 많은 이야기를 들려주었다.

11시 40분, 점심으로 같이 버거를 먹으며 토마스가 많은 이야기를 들려주었다. 학교 수업 마치고도 한참 또 교육과 학교에 관한 깨달음을 들을 수 있었다.

"실수를 통해 배우도록 교사들은 끊임없이 기회를 만들어주고 기다려야 된다. 실수할수록 더 많이 배운다. 걱정하지 말고 실수하라는 격려가 진정한 배움을 얻는 길이며 두려움에서 벗어나게 한다. 두려워하지 말고 도전하고 실수해야 더 큰 배움을 얻을 수 있다.

자유와 책임은 동전의 양면과 같다. 학교에서는 함께 살기를 실천하며 자유와 책임을 배워야 한다. 자유는 형식적으로 존재하는 것이 아니라 스스로 자존감과 자부심을 쌓는 자유, 자신을 더 잘 알아가는 자유가 중요하다. 자유는 곧 책임이란 걸 학교에서 가르쳐야 한다. 그것이 민주주의 교육이다. 끊임없이 학교에서 가르쳐야 하는 까닭이다. 혼자 섬에서 살려면 굳이 학교에 올 필요가 없다. 학교에서 관계를 배우고 좋은 관계는 결국 신뢰(믿음)로 연결된다. 학교와 사회에서 일관된 교육이 중요한 까닭이다. 학교에서 배운 대로 사회 또한 학교의 확장으로 연결된다. 핵심 학교 철학은 일상에서 구현되어야 한다. 날마다 서로 관계를 맺으며 함께 살기 규칙을 연습하고, 스스로 자유의 뜻을 알아가도록 돕고, 서로를 존중하며 책임을 익혀가는 곳이 학교다. 만약 이걸 가르치지 않는다면 교육의 철학이 죽은 것이다."

오후에는 1학년 덴마크어 수업이다. 네 명씩 앉을 수 있도록 책상 배치가 되어있다. 한 반에 21명에서 22명까지 있다. 책을 읽는데 먼저 전체로 단어를 배우고 철자를 알아보고 저마다 읽는 연습을 할 시간을 준다. 그동안 교사가 탁자마다 돌아가며 읽기를 도왔다. 더 어려운 친구들 둘은 앞으로 불러서 따로 도움을 주었다. 쉬는 시간 이사벨라랑 세 소녀가 따라다니며 케이팝 좋아한다고 노래를 불렀다. 블랙핑크. BTS를 많이 좋아한다. 큰아들이 케이팝 댄서라니 사진을 찍어달라고 하더니 BTS에게 꼭 전해달라고 신신당부를 했다. 블랙핑크 춤도 보여주었다. 오후 2교시는 9학년 교사 카스타의 수

업이다. 우리나라 중3이라 1학년과는 분위기가 확 다르다. 다음 주에 시험이 있어 그걸 대비하는 시간이다. 저마다 주제를 잡아 조사를 하고 발표채비를 해서 모두 앞에서 발표하는 방식이다. 에프터스콜레에서 익숙하게 봤던 수업 방식이다. 저마다 잡은 주제가 있어 곁에 있는 학생에게 물었더니 잘 설명해주었다. 취약아동을 위한 기금, 가수, 사진 한 장면에 담긴 역사, 교통사고 등 저마다 잡은 주제가 다 달랐다. 노트북으로 모두 주제 선택 이유, 보조 제목, 내용 들을 기록해서 5분에서 10분쯤 모두에게 발표를 하는 수업이다. 이번 주까지 완성하면 되는 거라 다들 느긋하다. 교사는 돌아가며 아이들의 작성 현황을 확인했다. 그동안 아이들은 스스로 알아서 배움의 나침반을 찾아가는 것처럼. 노래도 부르고 음악도 듣고 검색도 하고 자유롭게 알아서 발표 채비를 해나갔다.

라이스비 에프터스콜레에 온 아이들은 모두 영어를 아주 잘했다. 언어과정이 특성화 되어있기 때문이다. 이곳 프리스콜레는 9학년 가운데 아주 능숙하게 하는 친구도 있고 보통으로 하는 친구도 있고 다 잘하는 건 아니다. 그래도 말하기 시험을 열심히 채비하면 외국어인 영어 실력이 쑥 는다고 했다. 9학년은 모두 영어로 대답을 하는데 중간 중간 단어가 떠오르지 않아 옆 친구의 도움을 받는 학생도 있다. 교장인 토마스는 3시부터 회의가 두 개 있다. 하나는 교사들과, 하나는 교사 지원자들 면접이다. 51명이 지원해서 오늘은 6명쯤 만난다고 했다. 2시 30분 학교 일과가 끝나자 아이들은 모두 집으로 갔다. 부모가 데리러 오기를 기다리는 아이들 곁에서 또 케이팝 이야기를 들었다. 한국어로 "안녕, 고맙습니다. 나는 정일이다." 가 뭔지 물어봐서 알려주었다. 덴마크어 번역 앱이 도움이 되었다.

바다낚시-horn fish

2023. 5. 16. 화요일. 날씨: 바람이 불고 구름이 끼고
서늘한 아침, 낚시 가기에 좋은 날이다.(덴마크 9일째)

"Vester Skinninge에는 6개 프리스콜레, 8개 공립학교, 4개 에프터스콜레가 있다. 우리집 옆에도 특별한 도움이 필요한 친구들이 다니는 에프터스콜레가 있다. 프리스콜레와 공립학교를 나누는 기준은 자율성에 있다. 시 지방정부가 공립은 감독을 한다. 프리스콜레는 교사들의 수업 구성과 교육과정 운영에서 자율성을 지니고 있으며 신뢰받고 있다. 학교는 신뢰를 가르치는 곳이고, 지금의 덴마크 사회는 그 결과다. 과거 같은 학교에 다니던 친구들이 서로 이쪽이든 저쪽이든 서로 아는 정치가가 되었고, 서로 신뢰하는 관계가 있어 정책 추진에 바탕이 되었다. -토마스"

오늘은 7, 8, 9학년 아침열기에 참여했다. 전체로 교사
가 영상(우마서면 춤과)을 보여주고 설명을 했다, 내 소개
도 다시 해주었다. 예스파는 교감이다. 같이 낚시를 갔는
데 3학년을 돌보는 노릇을 맡았다. 3학년과 8학년이 같
이 낚시를 가서 높은 학년이 아래 학년 아이들과 짝이 되
어 돌봐준다. 우리학교 모습과 비슷하다. 벤쯔는 낚시 담
당 연세 많은 할아버지 선생님이다. 한 분은 자원봉사로
벤쯔를 돕는 분인데 두 분이 같이 학생들 낚시 채비를 도
와주었다. 나도 맑은샘학교 아이들에게 낚시선생님이라
학생들 낚시 채비를 도울 수 있었다. 바다 속에 들어가

낚시를 하는 거라 낚시 옷을 입고 들어간다. 학생들이 먼저 다 들어가고 나도 옆으로 가서 낚시를 시작했다. 릴낚시인데 아이들이 여러 번 해서 그런지 잘 하고 있다. 캐스팅이라는 던지기가 중요한데 다들 아주 잘했다. 8학년이 3학년 아이들을 도와주는 모습이 인상 깊다. 어떻게 하는지 관찰한 뒤에 나도 바다로 낚시 바늘을 던지기 시작했다. 미끼 없이 물고기 모양 낚시 바늘을 달아 던지는 것이라 편하다. 나는 맑은샘에서 아이들과 낚시할 때마다 낚시 채비하느라 정신이 없었다. 미끼 끼워주고 갈아주고 잡으면 빼고, 그야말로 낚시는 정말 많은 손길과 돌봄이 가야 하는 활동이다. 다행히 낚시 잘하는 아버지들이 함께 가서 도와줄 때는 맡길 수 있어 좋았다.

나는 학꽁치 horn fish를 3마리 잡아 모두의 박수를 받았다. 처음에 들어간 쪽에서는 한 마리를 잡았는데 릴을 감아서 들어 올려 학꽁치를 보고 확인하고 빼려는 마지막 순간에 빠져나가서 정말 아쉬웠다. 곁에 있는 아이들도 같이 아쉬워했다. 낚시하기에 날이 좋다. 구름이 해를 적당히 가려주고 있었다. 3학년들과 낚시에 관심 없는 아이들은 점심을 먹고 먼저 돌아가야 한다. 바다에서 학교까지 자전거를 타고 가야 하니 8학년과 달리 걸리는 시간이 달라서 그렇다. 나는 토마스가 채비해준 점심을 먹고 다시 8학년들과 낚시를 했다. 중긴에 벤쯔가 잘 잡히는 포인트를 알려주고, 낚싯대도 바꿔주었다, 벤쯔가 먼저 한 마리 낚아서 시범을 보여주고 간 뒤 나도 드디어 입질이 왔다. 여기 낚시는 던지고 부

지런히 감아올려야 한다. 던져놓고 기다리는 게 아니라 부지런히 감으며 신호를 확인해야 한다. 슬슬 감이 오고 드디어 먼저 한 마리를 낚아 올렸다. 묵직한 느낌에 손이 빨라지고 환호성이 나왔다. 곁에 있던 세 학생도 정말 좋아했다. 한 마리를 낚으니 자신감이 붙는다. 옆에 있던 학생도 한 마리 낚아서 정말 좋아했다. 학생이 나가는 길에 내 학꽁치도 가져가고, 나는 남아서 두 학생과 또 낚시를 했다. 그리고 다시 입질이 오고 잇따라 두 마리를 낚았다. 한 마리를 낚시 옷 주머니에 넣고 했다. 환호성이 멀리서 들려왔다. 나는 두 마리를 들고 나왔다. 낚시 선생님인 벤쯔가 내일도 낚시와도 되겠다고 낚시 성공을 축하해주었다. 3학년이 먼저 가서 남은 8학년과 자전거를 타고 돌아가야 한다. 낚시하러 자전거로 왕복

25킬로미터를 오갔다. 아이들이 세 마리 잡았다고 축하해주었다. 덴마크에 낚시하러 온 거냐고 해서 다들 크게 웃었다. 여기 살면서 날마다 낚시해도 되겠다며 농담을 건넨다. 일찍 잡았으면 바로 바닷가 옆 모닥불에서 구워서 같이 나눠 먹는데 늦은 탓에 집에 가져가서 먹어라고 벤쯔가 손질을 다 해주었다. 맑은샘에서 손질을 주로 했던 처지라 그 수고로움을 잘 알기에 고맙다. 8학년은 낚시를 마치고 바로 집으로 가도 된다. 학교로 돌아와 교사실에 들어가니 많은 교사들이 낚시 성공을 축하했다. 내가 덴마크에 낚시하러 온 거라며 웃고, 이렇게 낚시를 잘하니 교사 넷이서 내년에 한국에 가도 굶지 않겠다고 웃는다. 토마스는 벤쯔가 손질을 잘 해준 덕분에 저녁에 생선구이를 먹을 수 있다고 좋아했다.

토마스 투어 - Vester Skerninge

3시쯤 토마스가 동네 구경을 시켜주었는데, 내내 토마스의 말을 들으면서 연신 맞장구를 쳤다.

"1. 덴마크는 작은 마을에 필요한 공유 공간을 가지고 있다. 지역에서 젊은이들이 돌아와서 적응하거나, 자원봉사활동에 참여해 의미를 찾도록 돕는 네트워크를 위한 공간이 꼭 필요하다. 누구든지 참여하고 언제든 쓸 수 있는 커뮤니티 공간이 지역사회를 활기차게 만들 것이다. 많은 엔지오, 친목 단체들이 쓸 수 있고, 모임에 필요한 공간을 만들어가고 있다. 재정은 기금을 조성하는데 함께 만들어간다.
2. 이 지역에서만 볼 수 있는 지형이 있다. 덴마크 시골

지역 어디서나 평원 풍경을 만나는데, 이러한 지형은 과거 빙하시대 화산 폭발로 만들어졌고, 퇴적층이 형성된 형태다. 핀란드와 그린란드 쪽 빙하가 녹아 흘러내린 물이 쌓이고 쌓여 퇴적층을 만들었다.

3. 에너지 생산은 풍력이 덴마크 전기의 60퍼센트를 생산한다. 핵에너지는 위험하다. 풍력과 태양광은 전기를 보관할 안정된 배터리 저장장치 기술이 더 발전해야 한다. 아직은 그렇지 못하지만 미래세대를 위해 우리는 신재생에너지 쪽으로 가야 한다. 새로 나온 자동차는 거의 전기자동차다. 약 30프로가 전기차다. 그러나 아무리 좋은 에너지 저장 기술이 나오더라도 에너지를 많이 소비하는 인류 문명의 전환 없이는 미래는 암울하다. 학교는 왜 필요한가 물을 때 교육의 본질에 접근하는 것처럼 우리는 미래에 꼭 필요한 게 무엇인지 물어야 한다. 삶이란 무엇인가, 어떤 삶이 좋은 삶인가를 찾아가도록 학교와 사회가 물어야 한다.

4. 농업생산 면에서 덴마크도 반은 수입하고 반은 수출하는 구조다. 전 세계 경제가 모든 분야에서 서로 의존하는 게 지금이지만 자본주의의 문제인 빈익빈부익부가 갈수록 심해져가고 있을 때 학교는 어떤 사회가 좋은 사회인지 가르쳐야 되지 않을까. 9명이 수천만 명의 부를 가져가고 있는 게 지금 현실이다. 얼마나 더 부유해

져야 할까. 아프리카나 많은 나라들이 기아를 걱정하지만 잘 사는 나라에게는 남의 이야기 일뿐이고, 다국적기업의 이익만 커져가고 있다. 우리는 학생들에게 이렇게 나라마다 차이가 존재하고 세상이 다른 상황에서 너희는 얼마나 행복한지 아는지, 어떤 사회가 더 나은 건지 여행 때에도 묻는다.”

　Vester Skerninge 곳곳을 함께 둘러보며 이야기를 나누고 집에 돌아오니 5시 40분이다. 6시쯤 저녁을 먹었다. 비키가 저녁 담당이다. 덴마크 전통 밥상이라고 했다. 내가 잡아온 학꽁치, 삶은 달걀, 채소 볶음, 와인으로 저녁을 잘 먹었다. 밥을 먹으며 낚시, 한국 공립학교 상황, 우리학교 과목 수업과 학년 수업, 다양한 통합 활동을 주제로 많은 이야기를 나누었다. 내가 교사가 된 과정도 궁금해 해서 우리 학교 역사를 들려주었다. 저녁 설거지는 내가 얼른 나서서 하니 토마스가 빨리 배운다고 칭찬해줬다. 많은 방문객이 있었는데 알아서 먼저 움직이는 건 너라며 좋아했다. 토마스는 55살이다. 교사-교감-교장 차례를 밟았다. 일주일 두세 번 회의가 있다고 했다. 수업 마치고 교사임원회의, 그밖 회의인데 거의 저녁 식사 이전에 다 끝난다.
　Vester Skerninge Friskole는 그룬트비와 콜의 사상과

실천을 구현하려는 학교이다. 삶의 배움과 의욕이 있는 교육을 내걸고 있다. 학교 일과에 참여하며 오롯이 덴마크 생활에 빠져들고 있다. 다른 생각할 겨를이 없기도 하지만 몸이 피곤하니 아무 생각도 없다. 아이들과 토마스와 하루하루가 즐겁고 의미 있다. 한국에서는 쉽지 않은 경험을 이국땅에서 하고 있다. 나는 왜 여기에 있는지, 학교는 왜 존재하는지, 교육은 무엇을 위해 필요한지, 마을을 가꾸는 지역사회 활동가와 많은 사람들은 어떻게 네트워크를 형성할 것인지 한국에서 늘 고민하던 것을 여기 와서 다른 나라 다른 학교 다른 마을을 보며 다시 되돌아보고 있다. 무엇보다 반갑고 즐거운 건 학생들과 어울림이다. 낯선 사람에게 친절하고 환대하는 태도와 몸짓이 그대로 전해져 와 그냥 행복하다. 우리는 그러한가. 뭔가 불편하다는 사람 사이 관계도 사실 아무 욕심 없이 있는 그대로 바라봐 주고 어떻게 도울 것인지 생각하면 쉬운데 그게 사실 어렵다. 내가 실망해서 불편한 것이지, 그 사람을 위해 진정으로 마음을 열고 다가서려는 마음이 일상에서 서로에게 부족했음을 깨닫는다. 정말 멋진 사람들이 서로를 위해서도 쓸데없는 감정 소모로 부족한 시간을 허비할 필요가 없다. 아이들과 행복하게 사는 것, 아이들을 위해 존재하는 교사의 위치를 자각하고 잊지 않는 것, 끊임없이 물어보는 성찰, 친절과 환대의 마음과 실천이 함께 살아가는 이치인 것을. 무슨 권력같이 않은 걸 권력처럼 여기는 사람들은 그런 마음을 내려놓아야 한다. 솔직하게 다른 사람의 행동을 탓하지 말고 자신의 반성과 자신이 할 일을 부지런히 찾고, 부족한 걸 채우는 게 먼저다.

마을 속 교육과정,
교사의 자격과 학교의 역할

2023. 5. 17. 수요일. 날씨: 바람이 있지만 햇살이 좋고 하늘의
뭉게구름이 참 파란 하늘과 잘 어울린다.
유채꽃과 파란하늘의 대비 색이 눈이 부시다.(덴마크 10일째)

낮에 리나와 이야기를 나누었다. 일부러 나를 위해 오
래된 경력을 지닌 교사와 대화 시간을 마련해주어 고마웠
다. 리나는 지난 여름에 은퇴하고도 학교에서 자원교사로
참여하고 있는 오래된 교사다. 한마디로 학교의 산 역사
다. 약 30년 교사로 살아온 분에게 몇 가지 질문을 했다.

교사에 가장 중요한 게 뭐라고 생각하느냐는 내 질문에
그녀는 세 가지를 꼽았다. "첫째, 학생들과 좋은 관계를 맺
는 것, 둘째, 수업에 대한 전문성, 셋째, 동교 교사와의 협
력이다." 정말 맞는 말이다. 교사라면 모두 동의하고 고민
하는 이야기를 오래된 선배교사에게 들으니 더 무게가 느
껴진다. 학교는 가정보다 더 많은 사람들이 사는 곳에서

학생들이 관계 맺기를 배우는 곳이다. 학생들끼리 관계 맺기가 중요하겠지만 교사 또한 학생들과 좋은 관계를 맺어야 한다. 생활, 수업 모든 것에 관계가 영향을 준다. 학생들이 교사를 믿고 존경한다면 아이들은 더 많은 눈길과 집중력으로 교사 이야기를 들을 것이다. 그러니 교사는 학생들의 감정에 공감하고, 학생들의 삶 속에 교사가 있어야 한다. 좋은 관계 맺기는 서로 존중하는 태도와 자세가 시작이다. 사실 공감하는 듣기와 뚜렷한 말하기도 중요하지만 학생들을 믿어주고 기다려주는 것이 본질이다.

수업에 대한 전문성은 교사라면 마땅히 갖춰야 할 교과 지식과 전달 능력, 삶과 연결성까지를 포괄한다. 지식이 많다고 해서 잘 가르치는 것은 아니라는 걸 우리는 안다. 그러나 공부하고 연구하지 않고서야 교사 노릇을 길게 할 수 없다. 교사의 배움에 대한 열정은 학생들에게도 영향을 준다. 사실 교사들은 보고 듣는 모든 것들을 학생들과 연결시키는 버릇이 있다. 자신이 맡은 교과에 대한 충분한 지식, 교육방식과 교육 활동 조직을 위한 앞뒤 채비, 배움을 삶과 세상으로 연결시키는 기획력들이 수업의 전문성이다. 과거로부터 내려오고 현재 중요하다 여기는 지식을 재구성해 잘 전달하는 것만이 수업의 전문성이 아니다.

동료 교사의 협력이야말로 교육과 교육공동체를 성

장시키는 실천력이다. 교육철학과 목표에 동의하고 모인 교사들도 협력이 바탕인 교육공동체 학교를 세우려면 그만한 정성과 노력이 필요하다. 마음이 맞는 사람과 함께 일하는 기쁨이야 두말할 필요도 없지만, 같은 교사 처지라도 생각과 관점이 다른 영역은 존재한다. 그러나 학생들을 위한 교과통합과 다양한 마을 속 교육과정을 만들어내고 교육공동체학교를 가꿔가는 일은 친밀한 감정을 넘은 공적 영역이다. 친하다고 협력이 되고, 친하지 않다고 협력하지 않는 교육 현장은 탈이 날 수밖에 없고, 교사를 성장시킬 수 없다. 통합 모둠을 구성하거나, 한 교실에서 두 명의 교사가 함께 살아가는 구조에서는 교사 간 협력은 수업의 질을 좌우하고, 협력하는 교실의 분위기를 만들어낸다. 물론 교사들의 관계 맺기가 협력하는 문화에 큰 영향을 준다는 걸 모르지는 않는다. 협력할 수 있는 자세와 태도를 위해 끊임없이 노력하고, 배려하는 삶이 동료 교사와 협력을 끌어낸다. MBTI, 에니어그램, 기질론, 비폭력대화 같은 교사 연수를 함께 하는 까닭도 결국은 자신을 알고 서로를 이해해 더 협력하려는 노력이다. 우리는 구조와 짜임새로도 협력을 보장해야겠지만, 상호 신뢰와 존중하는 태도, 서로를 이해하고 배려하는 말과 행동 모두가 협력을 위한 교사 연수 꼭지이다. 끊임없는 인격 수양의 여정이 교사의 삶이다.

리나에게 마을에서 학교의 역할이 무엇이냐 물었다.

"마을을 가꾸기 위해 많은 부모와 교사들이 마을의 네트
워크에 참여하고 자원봉사 활동으로 지역사회를 만들
어가고 있다. 나는 정원 가꾸기를 주도해서 이끌고, 페인
트칠도 하고, 마을의 공유공간을 만들고 가꾸는데 적극
참여하고 있다."

Vester Skerninge Friskole 의 교사와 부모들은 마을
을 가꾸는 사람들임을 줄곧 확인하고 있다. 리나의 말처
럼 학교 부모들과 교사들이 지역사회의 다양한 네트워
크에 참여하고, 마을공동체를 가꾸는 까닭은 마을과 학
교가 함께 아이들을 키우기 위해서로 느끼고 있다. 토
마스 교장과 줄곧 나누는 대화에서도 느꼈지만 Vester
Skerninge Friskole가 지역사회에서 큰 몫을 해내는 것
이 아주 자연스럽다. 덴마크 역사가 그렇지만 현재 덴마
크 시골 지역도 수많은 에프터스콜레와 프리스콜레 같
은 학교가 지역사회를 가꾸는 노릇을 한다. 영국의 토트
네스에서 슈마허컬리지가 그랬고, 태국 칸짜나부리에서
무반덱학교도 그랬다. 학교가 지역사회의 소중한 교육
현장이면서 지역사회를 가꾸는 사람들의 연결망 노릇과
근거지 역할을 했다. 맑은샘학교에서 마을 속 작은 학교

를 표방하며 마을 속 교육과정을 펼치며 마을을 가꾸는 모습과 같은 거라 리나의 말이 무엇을 의미하는 지 바로 알아들을 수 있었다.

리나는 다른 학교와 다른 나라 학교와도 교류 이야기도 들려주었다. 학생들은 주로 덴마크에 여행을 가지만, 독일과 모로코에도 여행을 간다. 모로코에는 집이 있는 분이 있어 거기에서 지내며 교류를 하며 다른 나라 문화를 배운다. 주로 7, 8, 9 고학년 교육 과정이다. 4,5,6학년은 덴마크 지역을 주로 여행하며 배운다. 맑은샘학교는 일 년에 네 차례 여행을 간다. 자연 속 학교라고 이름 짓고 철마다 시골 마을에서 자기 앞가림과 함께 살기를 실천한다. 지리, 역사, 지역의 풍물, 유적지 방문까지 다양한 교육 활동을 구성하여 우리나라를 만난다는 면에서 Vester Skerninge Friskole 초등과정 여행 방향과 비슷하다. 중등과정도 청소년 교육과정을 지닌 많은 대안교육 현장과 비슷하다. 해외교류와 걷기 프로젝트를 운영하며 다른 나라의 문화를 배우고, 스스로를 되돌아보며 함께 하는 친구들과 추억을 쌓고 삶을 나누며 또 한 차례 의식 성장을 도모한다. 덴마크는 초등과정은 주로 덴마크 지역, 청소년 과정은 유럽으로 여행을 간다. 유럽연합에서 교류 프로그램 지원을 하는 것도 영향이 있다. 아시아 쪽은 사실 너무 멀고 경비도 많이 들어 쉽지 않다.

교사회의

2시 모든 교사들이 모이는 교사회의에 참석했다. 특별한 배려다. 교사회의는 일주일에 한 번 열린다. 기타에 맞춰 노래를 부르고 시작했다. 토마스가 오늘이 내가 참여하는 마지막 날이라고 특별하게 나에게 시간을 주었다. 내일부터는 덴마크 국경일 연휴가 시작되어 학교가 문을 닫는다. 덴마크를 세 번째 방문한 소감과 프리스콜레에서 받은 영감에 대해 이야기를 했고, 오늘 아침 일찍 미리 써놓은 감사 편지를 읽어주었다. 낚시에서 세 마리 잡은 이야기, 날마다 달려와 케이팝 아이돌 스타 이야기를 물었던 학교 소녀들 이야기에서 크게 웃어주었다.

교사들이 하는 회의 모습은 우리와 비슷하지만 덴마

크와 우리와 다른 것은 덴마크 문화와 학교 운영 시스템의 차이다. 덴마크 사회는 직장에서 퇴근 한 뒤 스스로 하고 싶은 일을 하고, 가족들과 많은 시간을 보내는 게 보통이다. 따라서 교사들은 2시 30분-3시 학교를 마치면 집에 간다. 수업 채비는 집에서 하는 편이 많지만, 학교에서 다음날 수업 채비를 하는 경우도 있다. 한 마디로 교사에게 충분한 휴식과 쉼의 시간이 보장되어 있다. 덴마크 사회의 힘이다.

어느 나라나 교사들의 회의 풍경은 비슷하다. 우리 맑은샘학교 교사들의 회의 풍경도 마찬가지다. 하루 아이들과 지낸 이야기를 하고, 악기를 같이 연주하고, 한 주 교육 흐름이나 큰 학사 일정과 교육 활동을 살핀다. 아이들을 사랑하기 위해 모인 교사들은 아이들 이야기를 가장 많이 나눈다. 또한 마을 속 교육과정을 펼치며 마을 속 작은 학교를 실천하는 사람들은 마을 이야기도 자주 나눈다. 교사들의 회의 주제는 아이들 이야기를 바탕으로 학교 운영과 행정, 교육공동체 가꾸기, 지역사회, 때마다 다양한 영역의 이야기들이다. 학교 교육 철학으로 교사의 삶을 재정립하고, 끊임없이 교육과 교사의 성장을 도모하는 이야기는 날마다 해도 많다. 그러니 초창기 대안교육 현장은 정말 많은 소통과 회의, 토론이 필요했다. 당연히 긴 회의에 따른 피로도가 있었지만 즐겁게 감당해야 할 삶으로 생각하고 스스로와 서로를 세우기 위해 애를 썼다. 지금이야 회의를 줄이려고 노력하는 흐름이 보편으로 자리잡아간다. 까닭은 수업 채비를 더 보장할 시간과 교사의 충분한 쉼을 보장해 학생들을 만나는 교사의 몸을 가꾸자는 뜻이고, 교사의 노동 조건을 개선하려는 노력이다. 대안교육 현장마다 다르지만 대체로 교사들의 삶, 쉼, 연구 활동을 더 보장하려는 흐름이 있다. 학부모들과 함께 학교 운영자 노릇을 같이 해야 하는 교사 처지에서 하는 일이 많았던 때와 견주어보면 과거보다 크게 노동조건이 개선되었지만, 한국의 대안교육 현장에서 일하는 교사들은 여전히 적은 급여를 받고, 공립학교 교사들보다 학교 운영과 행정 영역에서 많은 일을 하고 있다. 저녁 있는 삶이 보장되어있는 덴마크 사회와 견주어보면 더 갈 길이 멀다.

학교에서 나오는 길에 이사벨라, 써클을 만났다. 1학년인 두 귀여운 소녀는 케이팝 팬이다. 내가 이제 가야 한다니 가지 말라고 한다. 다음 주 월요일에도 만나잔다. 아이들은 어느 곳에서나 정직하게 마음을 이야기 한다. 얼마나 고마운 말인가. 가지 말고 자기들이랑 더 있자고 해서 한참을 같이 있었다. 아이들이 영어를 못하니 번역

앱을 실행시켜 내가 하는 말을 덴마크어로 보여주었더
니 신기해하며 번갈아가며 말을 했다. 이런 작은 순간이
감동이다. 맑은샘학교 1, 2학년 아이들이 떠올랐다.

올러럽 체육폴케호이스콜레
(Gymnastik højskolen I Ollerup)와
자유교원대학(Den frie Lærerskole)

　학교 마치고 좀 쉬다가 4시쯤 자전거를 타고 체조와
체육활동을 특징으로 하는 국제시민대학 올러럽 체육
폴케호이스콜레(Gymnastikhøjskolen i Ollerup)와 자유교원대
학 (Den frie Lærerskole)을 다녀왔다. 천천히 가니 왕복 1시간
쯤 걸린다. 물론 가다가 많이 쉬곤 했다. 올러럽 체육 폴
케호이스콜레(Gymnastikhøjskolen i Ollerup)는 둘째 아들이 일
년 동안 다녔던 학교이고, 나도 두 번이나 방문했던 곳
이다. 옆에는 덴마크자유학교 교사 양성기관인 Den frie
Lærerskole 자유교원대학이 있다. Vester Skerninge에서
가까운 곳이라, 둘째 아들이 다녔던 학교와 덴마크 올 때
마다 방문한 자유교원대학(Den frie Lærerskole)을 보고 싶었
다. 과거 추억이 있어 학교 풍경이 아주 낯설지는 않다.

큰 체조 체육관, 마치 호크와트 만찬장 같은 식당, 여러 개 체조 연습실, 수영장까지 정말 대단한 체육 시설에서 몸을 쓰는 즐거움을 맛볼 수 있다는 생각에 한 번쯤 이런 학교에 다니고 싶다는 생각이 들었던 곳이다. 엘리트 체육이 아니라 누구나 몸의 조화로운 발달과 몸을 쓰는 기쁨을 누릴 수 있는 체육 과정의 시민대학인 올러럽 체조 폴케호이스콜레(Gymnastikhøjskolen i Ollerup)는 건물이 더 늘었다. 자유교원대학(Den frie Lærerskole)은 예전 왔을 때와 비슷한 풍경이다. 연휴 시작 날이라 한산하고 거의 학생들이 보이지 않는다. 천천히 교원대학 캠퍼스를 걸어보며 과거 두 번의 방문 추억을 떠올렸다.

"자유교원대학은 325명 정원, 5년 과정이다. 3학년 때 모두가 교육 현장으로 인턴십을 나간다. 1, 2학년 때는 3주간 현장 실습이 있다. 덴마크 안에서 실습을 원하는데 요즘은 외국 교육 현장 실습을 원하기도 한다. 국제위원회에서 교생 실습할 기회를 얻기 위해 노력하고 있고 해

외 교환프로그램을 기대하고 있다. 입학시험이 없고 졸업 시험이 없다. 정해진 의무 교과가 없고 하고 싶은 걸한다. 광범위한 보고서 쓰기가 있다. 졸업 논문을 쓰는데 6개월이 걸리는데 혼자 쓰는 게 아닌 모둠으로 써야 한다. 드라마, 미디어, 캠핑, 스토리텔링이 중요한 교과 과정 중 하나다. 공동체, 균형과 조화, 언어, 협력과 소통, 선택할 수 있는 주제 학습, 삶을 위한 지식이나 철학 윤리 인류애를 다루는 인문학이 기본 교육 과정에 들어있다. 덴마크어를 모르면 깊이 있는 학습은 어렵다. 그룬트비와 콜은 각자 다른 사상에도 서로 존경했다. 그룬트비는 목사이자 사상가였고, 콜은 실천가였다. 콜은 그룬트비 사상을 학교로 실천했다. 두 사람은 독일 사상가들에게 영향을 받았다. 헤르더가 그다. 인민이란 단어를 만든 사람이다. 같은 혈통을 지닌 민족, 신화공동체, 민족적 뿌리를 지닌 사람들이 민중이다. 국경을 초월해 민중이 있다. 당신의 손위에 20세기 사상가의 삶이 얹혀있다.- 올레 피터슨(자유교원대학 학장)"

집에 돌아와 토마스와 한참 동안 이야기를 나누었다. 해박한 지식과 다양한 실천 경험이 있어 그이와 대화는 언제나 즐겁다. 어려운 한국 대안교육 현장과 나를 응원하는 말을 자주 해줘서 힘을 받는다.

"한국 대안교육 현장에 정보 보조금이 없다는 사실을 듣고 놀랐다. 과거 덴마크도 그런 적이 있었으나 싸워서 쟁취했다. 우리가 낸 많은 세금이 교육보조금으로 나온다. 공교육의 무상교육 정책은 중요하다. 우리가 만들어낸 무상교육 시스템이다. 사실 프리스콜레는 중산층 그룹이 많이 보낸다. 공립학교와 달리 돈을 내고 프리스콜레에 보내는 까닭은 프리스콜레에 있는 더 많은 교육과정, 가치에 우선순위를 두기 때문이다. 너로 인해 한국 사회와 한국 교육의 현실을 많이 알게 되었다. 네가 덴마크에서 받은 영감이 잘 쓰이기를 바란다."

휘게(Hygge)

아침 6시에 어김없이 일어나 아침을 채비하는 토마스는 아침형이다. 쉬는 날이라 노아와 비키는 늦게까지 잠을 자고 있다. 둘이서 아침을 먹으며 오늘 일정을 확인하고 내일 떠나는 나를 위해 기차표 끊는 걸 도와주기로 했다. 덴마크에는 많은 이혼 가정이 있는데 한국은 어떤지 물어봐서 이야기를 한참 나눴다.

"어느 곳이나 이혼 가정이 증가하고 있는 상황이다. 어느 곳이나 비슷하다. 이혼 가정 아이들은 아무래도 마음속에 상처가 있을 수밖에 없다. 문화가 그러하니 어쩔 수 없지만 아이들 마음속에는 부모의 이혼으로 인한 상처가 잠재되어 있다. 아동 시절 부모가 이혼해 저마다 또 다른 가정을 꾸리고 사는 문화가 보편인 세상이다. 따라서 한 부모와 따로 살거나 또는 부모의 집을 번갈 아가며 사는 경험이 낯설지는 않다. 다만 아이 마음속에 남아있는 일정 시기 마음의 부담, 화, 상처를 들여다봐야 하는 게 어른들이다. 트럼프도 어린 시절 받은 상처로 그렇게 과시하고 뽐내며 권력을 행사하려는 거 아닐까."

낮에는 토마스가 기차표 사는 걸 도와주었다. 인터넷 으로 시간 확인하고 표를 끊는 걸 도와주는 친절한 친 구다. 내일 아침 일찍 기차역까지 태워준다고 했다. 내 일 스벤보르역에서 오르후스역까지 가고 거기에서 삼 쇠섬으로 들어가야 해서 기차표와 배표를 모두 샀다. 삼 쇠 제이콥에게도 시간을 알려주었고, 내일 선착장에 마 중 나오기로 했다. 8년 만에 만나는 동갑내기 친구다. 당 시 아가였던 카마가 프리스콜레 8학년 아니 9학년쯤 되 겠다. 큰 딸 마리아는 에프터스콜레 경험을 하고 대학에 간 걸로 기억한다. 아내 타냐는 연휴 기간에 코펜하겐 을 방문하느라 없다고 했다. 토마스 집에서 보내는 마지 막 날이라 저녁에는 Thomas, Noah, Vicky 랑 저녁 먹고 이야기를 나누며 손을 놀렸다. 내가 선물한 청주와 와인 을 마셨다. 들고 간 양말목으로 핑거니팅을 가르쳐주었 더니 아주 좋아했다. 비키는 손끝이 아주 빠르고 노아도 금세 꽃을 만들어냈다. 저녁을 먹고 식구들이 둘러앉아 도란도란 이야기를 나누고 손끝을 놀리는 삶이 덴마크의 휘게다. 마당에 작은 모닥불을 피워놓고 마시멜로를 구우며 함께 한국과 덴마크 교육에 관한 이야기를 나눴다. 비키와 토마스가 휘게의 의미를 들려주었다.

"지금 이 순간, 우리 넷이서 나누는 이야기와 모닥불, 함께 하는 사람들이 휘게야. 사랑하는 사람들과 작은 걸함께 하며 행복감을 느끼는 게 중요해."

덴마크 가정의 일상을 그대로 보여주며 우정과 환대를 친절하게 나눠준 토마스와 비키, 노아가 많이 생각나겠다. 그이들과 함께 한 추억, 들려준 귀한 말들이 내 삶에 쏙 들어왔다.

삼쇠 섬(Samsø)의 평화와 우정

2023. 5. 19. 금요일. 날씨: 날이 정말 좋다. 온도도 적당하고 햇빛도 좋고 파란 하늘과 푸른 들판이 아름답다. (덴마크 12일째)

새벽에 잠이 깨버렸다. 혼자서 이 생각 저 생각하며 내 정체성이 무엇인지 생각해보았다. 나는 한국의 대안교육기관 학교의 교사다. 어느덧 아이들과 일하고 놀며 보낸 세월이 있어, 지금은 수많은 교육활동 속에서 아이들과 교사의 관계와 수신호가 한 눈에 들어온다. 아이들 웃음과 놀이, 교사들의 표정 속에서 우리 교육의 현재를 본다. 덴마크에 와서 경륜 있는 교사들에게 교사의 삶을 많이 묻고 배우며 내 삶을 되돌아보았다. 나는 작은 학교의 교장이다. 오랫동안 여러 가지 노릇을 해온 처지다 보니 회의와 서류, 보조금과 지원, 학교의 장단기 과제와 계획, 플랜B가 보이는 사람이다. 그래서 어느 학교와 조직을 가든 무한책임을 지는 책임자가 눈에 들어온

다. 어디서나 더 몸과 마음을 내어 모두를 살피는 헌신이 있기 때문이다. Vester Skerninge Friskole 교장 토마스가 그랬다. 교사, 교장, 마을활동가의 삶을 동시에 살아가는 모습이 나와 많이 닮았다. 덴마크에 와서 Rejsby Europæiske Efterskole와 Vester Skerninge Friskole에서 지내는 동안 이국땅 친구들과 휘게를 누렸다. 한국에서 일중독이라 불릴 만큼 일이 많은 교사 생활에서 벗어나 오롯이 나와 현재 시간에 푹 빠져 있었다. 다시 돌아가면 휘게 삶은 가능할까. 토마스가 기차역까지 제 시간에 데려다주어 바로 기차를 탈 수 있었다. 뜨거운 포옹으로 고마움과 우정을, 친절한 마무리 인사로 헤어짐을 확인한다. 언제 다시 이곳에 올 수 있을까.

오덴세 역에서 갈아타고 오르후스 역까지 가는 국철

을 잘 탔다. 아침 일찍이라 온라인으로 대안교육연대 정
책위원회 회의에 참가하고, 오전 11시(한국 시간으로 오후 6
시)에는 오르후스역에서 온라인으로 건신대학원대학교
대안교육학과 10주년 기념 포럼에 참석해 대안교육연대
대표로 축사를 했다. 오르후스 선착장에서 갈매기들이
홍합 뭉치를 입으로 물어 하늘에서 땅으로 떨어뜨려 부
서진 껍질 사이로 살을 파먹는 모습을 보았다. 영리한 갈
매기다. 삼쇠항 가는 사람들이 많다. 일찍 줄을 섰다. 사
람들이 날이 좋으니 뭐든지 사진을 찍는다. 그렇게 주말
연휴를 즐기는 셈이다. 삼쇠섬은 덴마크에서도 휴양지
로 유명하고, 전 세계에서는 에너지 자립 섬으로 유명하
다. 2015년 방문 때 에너지센터에 들린 기억이 있다. 한국
에서도 뉴스에 자주 등장하는 에너지 자립 섬이다. 100%
전기를 풍력으로 생산하고 남은 전기는 판다. 정부와 농
부들이 힘을 모아 섬을 되살린 걸로 유명하다. 제이콥이
들려준 이야기로는 자동차와 농사용 트랙터 같은 건 모
두 화석연료에 의존하니 완전 자립은 아니라고 했다.

드디어 선착장에 마중 나온 제이콥과 카마가 보였다.
8년 만에 만나는 제이콥은 세월의 흔적만큼 주름이 늘
었다. 동갑내기 우리는 뜨겁게 안았다. 한 살이었던 카마
는 9살이 되어 2015년 큰 딸 마리아와 꼭 닮았다. 선착장
에서 제이콥 집까지는 10분 정도 걸렸다. 가는 길에 수퍼

에 들려 장을 봤다. 주말에는 관광객들이 많이 와서 싹 쓸어간단다. 뭐 먹고 싶냐 며 물어보는데 뭐 먹고 싶다고 할 게 없다. 닭고기

랑 와인을 사갔다. 가는 차 안에서 반가운 인사를 주고받고, 드디어 집에 닿으니 바로 안내하는 곳이 정원이다. 겨울에 왔던 때 보지 못했던 걸 보여주고 싶었단다. 정말 겨울에는 안개 끼고 춥고 둘레 볼 게 없었다. 와 정말 놀라운 정원이 집 옆으로 펼쳐져있었다. 정말 큰 사과나무 꽃과 체리나무꽃, 푸른 잔디, 작은 숲과 연못, 아이들이 타고 놀던 그네와 트램플린, 정원 뒤쪽 유채꽃 들판이 햇살에 반짝이며 손님을 맞았다. 정말 멋있었다.

저녁 채비를 제이콥은 성격답게 빠르게 한다. 뭐든지 척척이다. 제이콥은 지금은 엔지니어로 일하고 있지만 과거에는 릴레스콜레 교장이었다. 2015년 방문 때 제이콥 집에서 홈스테이를 했었다. 그동안 SNS로 연락을 주고받았는데, 어느 날 제이콥이 학교를 떠나 새로운 일을 시작했다고 알려왔다. 까닭을 물으니 더 이상 열정이 생기지 않아 학교와 아이들에게 도움이 되지 않을 듯 싶어

10년 동안의 교사 생활을 그만둔다고 했다. 새로운 길을 가려는 친구의 마음이 그대로 전해져 와 나는 제이콥처럼 열정이 식어간다고 느낄 때 어찌할지 생각했었다. 저녁 먹고 긴 시간 우리는 와인을 곁들이며 이야기를 나눴다. 어찌 살았는지, 서로 직장과 일은 어떤지, 가족들 이야기까지... 중간 중간에 카마가 잘 때까지 돌보는 아버지 모습이 살뜰하다. 제이콥의 아내 타냐를 9시 넘어 만났다. 타냐는 내일 코펜하겐에 간다. 반가워서 한참동안 둘이서 수다를 떨었다. 2015년 때 홈스테이 마지막날 만찬으로 아침밥을 차려주었던 거며 함께 밤하늘을 바라보며 제이콥 어머니와 함께 이야기를 나누던 때를 모두 기억했다. 가져간 선물을 정말 좋아했다. 모두 잠자리에 들고 난 뒤 제이콥과 나는 오랫동안 와인을 마시며 그동안 세월을 풀어냈다.

2015년 삼쇠섬을 처음 방문했을 때 만난 제이콥이 릴레스콜레에서 들려준 이야기가 떠올랐다.

"행복하지 않으면 배울 수 없다. 릴레스콜레는 1960년대 서구에서 일어난 개혁교육운동과 반문화운동으로 설립된 작은 자유학교다. Onsbjerg Lilleskole는 유치원과정부터 9학년까지 73명 학생과 7명 선생이 사는 작은 통학형 학교다."

가슴을 흔드는 말과
브렌더롭 폴케호이스콜레

삼쇠섬에서 평화로운 이틀 밤을 보내고 사흘째 제이콥과 카마의 배웅을 받으며 다시 배를 타고 오르후스역에 닿았다. 제이콥과 카마의 환대와 친절 덕분에 마치 덴마크에서의 여행 여독을 푸는 느낌이었다. 여유롭고 느긋한 삼쇠섬 투어, 바닷가 바다벼룩, 갈 때 먹으라고 챙겨준 샌드위치, 빨래, 삼소섬에서 등산, 멋진 정원. 사려 깊은 동갑내기 동무 마음, 모두 따뜻하고 행복했다.

Norre Aaby역에서 귀인을 만난 덕분에 무사히 하룻밤을 묵을 Brenderup Højskole에 닿았다. 브렌드롭에서 하룻밤을 묵는 까닭은 맑은샘학교 제자 희주를 오덴세역에서 20분정도 잠깐 본 게 아쉬워서 다시 만나고 싶었고, 8년 전 만났던 올레 교장을 다시 만나고 싶었기 때문이다. 아쉽게도 올레 전 교장은 20년간 교장으로 일하고 지난해 은퇴해서 지금은 사무실에만 가끔 나오고 있다. 올레 전 교장이 들려준 말은 아직도 큰 울림을 준다.

"일방형 강의식 소통 방식은 이곳 방식이 아니고 대화, 상호작용, 서로 관찰이 중요하다. 교육을 받는 학생들에 대한 이해가 바탕이 된다. 선생과 학생은 동등하다. 선생이 더 높은 위치에 있으면 서로를 더 이해하기 어렵다. 내가 그룬트비 사상의 일부다. 그룬트비 사상 속에서 살아왔기 때문이다. "사랑을 겪어보지 않은 사람이 사랑을 말 할 수는 없다." 라고 키르케고르가 말했다. 학생들이 어떻게 의문을 지니게 할 것인지, 더 많은 질문을 할 수 있도록 돕는 것이 중요하다. 지혜란 경험 속에서 싹튼다. 지혜는 나이 들어 갈수록 쌓인다. 마음이 젊어야 한다. 삶을 깨닫게 해야 한다. 내 인생에서 가장 중요한 게 무엇인가 스스로 묻는 능력이야말로 우리가 원하는 것이다. 키르케고르가 또 말했다. "인생은 선택이다."라고. 교수법의 비밀은 선생과 학생이 가까워지는 것이다. 사람들의 삶, 민주주의, 역사를 정부와 사회가 모두 결정하도록 놔두지 말아야 한다. 자기 사고가 있어야 한다. 덴마크 시스템은 레고시스템이다. 학생들은 다양한 색채를 지닌 존재이고, 문제 해결과 상상력의 과정이 레고에 있다. 작은 학교로 눈과 시간을 제공하고 싶다. 1학기 5개월(1월~6월/8월~12월), 여름 1주일 과정이 있다. 농민들의 자각을 위해 설립한 역사가 폴케호이스콜레다. 1980년대 냉전 이후 평화운동을 통해 많은 정치가, 성직자, 교사협회, 평화를 사랑하는 교사들, 여성평화운동가들이 모여서 폴케호이스콜레를 만들자고 결정했다. 이 세상을 더 평화롭게 만들자라는 뜻으로 다양한 배경을 가진 학생들이 세계에서 온다. 네팔, 중국, 호주, 가나, 미국 곳곳에서 온다. 우리는 언어 장벽이 문제가 되지 않는다. 함께 있고 친할 수 있다는 경험이 중요하다. 언어가 가장 중요한 게 아니다. 다문화 모임으로 다문화를 이해하려는 학교다. 그래서 다른 문화에 대한 관심, 호기심을 지니도록 만드는 곳이다. 다양한 방식이 잇다. 노래, 덴마크 언어와 역사, 재생에너지, 국제관계, 유기농업... 삶의 열망, 배움의 열정이 중요하다. 지속가능성이란 지속가능한 열망을 지니는 것이다. 우리들의 가슴이 중요하다. 어떠한 교육 체제도 가슴을 쓰게 하지 않고 머리만 쓰게 해서는 아무 소용이 없다. 서로를 만나고 이해하는 데 두려움을 갖지 말자."

희주와 Højskole

희주가 5시 40분쯤 학교에 돌아왔다. 주말에 코펜하겐에서 지냈는데 일요일에 스웨덴 말뫼에 일본인 친구 둘이랑 다녀왔다. 희주가 학교 곳곳을 안내해주었다. 온지 5개월이 되어가니 이제 자신감이 보여 다행이었다. 영어로 듣고 말하는 게 익숙하지 않은 상태로 유학을 온 거라 많이 걱정했는데 지금은 삼분의 일은 알아듣고 생활영어는 잘 알아듣고 말한다고 한다. 무엇보다 자신감이 보여 좋다. 저녁 먹을 때 앞에 앉은 학생 몇 분이랑 간단한 인사를 하고 희주가 초등학교 때 내 학생이었다 하니 다들 신기해했다. 저녁을 잘 먹고 밖으로 산책을 가니 여러 명이 앉아있는 곳이 있다. 예상대로 흡연구역이었다. 가서 몇 분과 이야기를 나눠보니 11개가 넘는 나라에

서 온 학생들이 함께 지내고 있다. 브렌드롭은 본디 40
여명 규모로 작은 호이스콜레였는데 지금은 27명으로
줄어있었다. 호주, 이스라엘, 그린란드, 덴마크 7명, 일
본, 프랑스, 코스타리카, 한국, 스페인... 기억이 나지 않
지만 11개 넘는 나라에서 온 젊은이들이 지내고 있다. 돔
이란 이스라엘 친구는 레바논 근처에 사는데 어머니가
덴마크 사람이라서 여기에 왔고, 마치고 군대에 갈 예정
이라고 했다. 덴마크 분이고 영어를 잘 하지 못하는 나
이든 학생이 맥주를 한 잔 주었다.

　저녁에 희주랑 와인을 마시며 덴마크 생활 이야기를
듣고, 앞으로 계획도 들었다. 희주는 맑은샘학교와 산돌
학교를 졸업하고 덴마크 국제시민대학에 다니고 있는

맑은샘학교 제자다. 맑은샘학교가 있는 마을에 부모님 집이 있어 졸업한 뒤에도 자주 봤다. 길게 이야기를 나눠보니 더 안심이 된다. 나는 덴마크에 대한 지식과 교육에 대한 정보를 설명해주었다. 외국 땅에서 말도 안통하고 삼사 개월 얼마나 고생했을지 짐작이 가기에 더 대견했다.

8시 30분쯤 베키타 교장이 나를 만나러 왔다. 아이슬란드로 여행을 다녀온 터라 피곤할 텐데 손님을 맞이하러 와준 것이다. 처음 희주 왔을 때 말이 안 통해 번역기로 살았던 이야기며, 덴마크에서 유명한 스반홀름 공동체에서 본인이 살았던 경험과 추천까지 들려주었다. 브렌드롭 학생들이 많이 줄었다고 하자 그것이 고민이라

고 했다. 그래서 학교를 알리기 위해 웹사이트도 개편하고 많이 바꾸고 있다고 했다. 일정 비율은 덴마크 학생이 있어야 정부 지원을 받을 수 있어서 적절한 학생 수가 꼭 필요하다. 어디서나 학생을 모집하기 위해 필요한 알림과 행정

일은 비슷하다. 더욱이 교장은 모든 행정과 재정을 도맡고 있어시 일이 많단다.

9시 30분 씻고 짐 정리해놓고 과천시에 보낼 서류 한 개 처리하고 10시 넘어 잠이 들었다. 반가운 친구와 헤어지고 또 반가운 제자를 만나는 하루다. 삶이 그렇다. 2015년에 방문한 International People's College 클라우스 교장이 들려준 이야기가 떠올랐다. Højskole가 국제 과정을 운영하는 까닭이다.

"1849년 덴마크 헌법이 덴마크 민주주의 시작이다. 1844년 폴케호이스콜레가 시작됐다. 이곳 IPC는 1921년에 개교했다. Peter Manniche (1889-1981)가 1차 세계대전 이후 서로에 대한 적대감을 없애고 세계에 대한 이해를 바탕으로 평화를 실천할 수 있도록 전 세계 학생들을 대상으로 하는 폴케호이스콜레를 구상했다. 지금 전 세계에서 온 18세 이상 80명 학생들이 지내고 있다. 그렇기에 남을 이해하려면 스스로를 이해해야 한다. 이곳에서는 무엇이 너를 행복하게 해줄 것인지 묻는다. 머리 가슴 손의 조화로운 발달을 꾀한다. 전 세계에서 다른 사람들 희생 위에서 우리가 살아가고 있다는 것을 배운다."

만약 학교가 진정으로 삶에 이로운 교육기관이 되려면 학교는 교육도, 학교 자체도 그 목표로 삼아서는 안 된다. 오로지 그 삶만이 그 필요요건이 되어야 한다.

- 그룬트비

둘_____2

자유와 책임,
우정과 환대

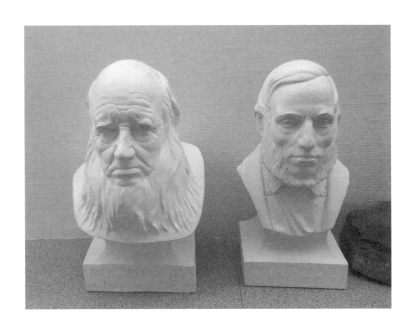

플루뵈썬뎃 에프터스콜레
Efterskolen Flyvsandet

2023. 5. 22. 월요일. 날씨: 브렌드롭에서는 햇살 아래 바람이
없었는데 핀섬 북쪽 지역에 오니 바람이 분다.
그래도 날이 정말 좋다. 오후에는 더웠다. (덴마크 15일째)

고맙게도 Brenderup Højskole 정문으로 플루뵈썬뎃
에프터스콜레 Anne 교감이 나를 태우러 와주기로 했
다. 본디 오덴세 역에서 만나자 했는데 브렌드롭이나 오
덴세가 사는 곳에서 비슷한 거리라며 와주었다. 가는 차
안에서 한 시간쯤 이야기를 나누며 학교와 서로에 대한
소개와 정보를 주고받았다. 아들이 둘이고, 그린란드에
서 살았고, 부부가 교장 교감을 하고 있다. 눈과 추위를
좋아한다. 11시쯤 학교에 닿아 교장 Pavia와 인사한 뒤,
먼저 묵을 게스트룸에 가방을 내려놓았다. 포비어가 학
교 곳곳을 안내해주었다. 포비어는 이번 주 여행에서 감
기가 걸려 기침을 줄곧 했다. Efterskolen Flyvsandet은

65명이 지내고 야외활동 전문으로 특화된 학교로 주로 큰 도시에 사는 아이들이 자연 속에서 지내려고 온다. 사냥, 승마, 낚시, 캠핑, 다양한 야외활동이 있다.

점심 먹을 때 학생들에게 인사 기회를 줘서 내 소개를 했다. 1시에 사냥 수업을 따라갔다. 포비어 교장과 네 명의 학생이랑 같이 갔다. 넓은 들판에서 사냥감을 찾기 위해 걷다가, 한참을 숨어서 기다리다가를 반복했지만 총을 쏠 기회는 없었다. 교장이 담당인 사냥수업은 학교에서 사냥을 가르칠 수 있는 허가를 받아야 하고, 철저하게 안전을 확인해야 한다고 한다. 학생 저마다 망원경과 총을 차고 조용히 드넓은 들판으로 걸어가다 한 명씩 저마다 구역으로 흩어지고, 나는 교장과 학생 한 명이랑 같이 갔다. 바람과 냄새 관계, 지나간 발자국과 흔

적을 잘 관찰하고 찾아내는 포비어 교장이다. 그린란드
에서 사냥으로 잡은 동물 박제가 사무실에 가득 있었다.
돌아와서 라이플총과 총알을 반납하고 서명하고 하나하
나 확인하고 문을 잠근다. 총 보관실은 카메라가 설치되
어 있다. 다른 보관고가 더 큰데 거기도 마찬가지다. 안
전 안전 확인 확인이란다.

교사회

2023. 5. 23. 화요일. 날씨: 구름이 끼고 아침나절
잠깐 비가 쏟아지고 바람이 분다. 덴마크에서 처음 만난 비라
반가운데 잠깐 내리고 만다. (덴마크 16일째)

4시 45분, 전화 소리에 잠이 깼다. 군포 대야미 농부가 한 전화다. 덴마크 오기 전에 통화를 하긴 했는데 6월 3일 모내기 때문에 확인 전화를 한 거다. 올해는 꿈의 학교가 열리지 않아 논을 빌리는데 들어가는 비용이 걱정이 되어 전화를 한터라 농부와 통화해 비용을 상의했다. 잠이 깨버려 잠깐 맑은샘학교 교사회 톡방에 간단한 소식을 전했다.

덴마크에서 만난 교사들 모임의 분위기를 보며 우리와 견줄 수밖에 없다. 맑은샘학교 교사회 또한 친밀한 관계를 맺고 있고 일 년에 네 차례 자연속학교에서 진한 추억을 쌓고 오고, 날마다 아침열기와 마침회를 하며 서로의 마음을 살피고 교육활동을 점검하고 학교 이야기

를 하니 가족보다도 더 많은 시간을 같이 보낸다. 한국의 대안교육 현장 교사들이 비슷하다. 그런데 친밀한 사람끼리만 자기 이야기를 나누고 공식 자리에서는 속내를 꺼내지 않는 분위기가 형성되면 참 어렵다. 꼬여있는 관계의 축이 보이면 더 많이 아쉽고, 어디에서 비롯됐는지 알면 또 안타깝다. 다들 정말 좋은 사람들인데 서로에게 힘을 주고 에너지를 북돋아 주지 못하면 그것만큼 아쉬운 게 어디 있겠는가. 어떤 일로 삐져서 말을 안 한다거나, 다른 교사의 삶과 태도를 두고 마음이 들지 않는 것도 본질은 믿음이 약한 탓이다. 어떤 실수나 잘못도 예쁘게 보면 예쁜 것이다. 연애의 감정처럼 사랑은 움직이는 것이라지만 동료에 대한 굳건한 믿음에서 서로를 챙겨줄 수 있는 마음이 나온다. 물론 때론 일만 잘하는 것도 좋다. 적절한 거리를 유지하며 서로 사생활을 존중하며 직장 동료로서 하루하루를 살아가는 것도 쉬운 건 아니다.

우리가 진정으로 꿈꾸는 것은 서로 만나면 즐겁고, 동료 때문에 더 가고 싶고, 의지하고 서로 돕는 동지 관계를 원한다지만 저마다 원하는 수준과 수위가 다르니 지금처럼 살고, 때로는 스스로 때로는 서로 존재 속에서 기쁨을 적당히 맛보는 것도 삶이다. 우리는 어떤 교사회를 꿈꾸는가. 대안학교 교사로 삶이 행복하지 않으면 다른 일이 많다. 한 번뿐인 인생인데 행복하지 않다면 굳이 서로 힘들게 살 필요가 없다는 게 덴마크 사람들을 보며 든 생각이다. 학교와 교육공동체에 대한 무한책임은 여러 형태로 드러난다, 모든 걸 챙겨내는 사람이 있고, 맡은 일만 처리하는 사람도 있고, 마음을 내려고 하지만 잘 몰라서 그러는 경우도 있다. 그러니 서로 삶을 보며 끊임없이 배우고 성장하는 삶이 교사다. 교육공동체 이끄미 노릇은 더 쉽지 않다. 교사로서 개인 생각을 중심으로 말하는 게 아니라 교육공동체 처지와 상황을 살피며 공과 사를 나눠가며 경계를 살피는 것은 끊임없이 성찰하고 연습해야 그만한 마음과 몸짓이 나온다. 다 내 탓이라는 생각부터 별 거 아닌 거 갖고 쓸데없는 생각을 하는 것처럼 생각이 여러 갈래로 뻗는 넋두리를 할 때가 있지만, 사실 언제나 고마운 동료 교사들이다. 그이들 덕분에 내가 여기에 있다.

자유 시간과 핸드니팅

학교 일과를 마치고는 자유 시간이다. 3시 20분쯤 자전거를 타고 어제 포비어 교장이 보여준 숲길을 따라 바다에 갔다. 바람이 불지만 날이 좋아 시원하다. 학교로 돌아오니 축구를 좋아하는 학생 빅터가 한 무리와 함께 나오다 나를 보고 축구하잔다. 날마다 축구를 하는 애들이다. 같이 가서 1시간쯤 공을 찼다. 이번에도 2골 넣고는 골키퍼를 했다. 대여섯 골을 막았다. 세 판을 했는데 축구를 하다가 너무 한쪽이 잘하면 바로 선수를 바꿔서 했다. 축구를 잘하는 아이들이 서너 명 있다. 그런데 축구를 즐기는 느낌이 크다. 막 몸싸움을 크게 하지도 않고 승부에 크게 관심도 없이 찬다. 그게 좋았다. 푸른 잔디 위에서 공을 차는 아이들, 그 옆에서는 여학생들이 말을 타고 있는 장면이 참 그림 같다. 에프터스콜레의 힘이 리는 생각이 절로 들었다. 날마다 축구하고 말을 타고 활을 쏘고, 기본 교과 공부 하고, 기숙학교의 장점인 함께 살기가 날마다 이뤄지는 곳이었다. 한국 기숙대안학교도 그렇다. 식사 당번, 청소 구역, 기본 교과와 다양한 활동으로 구성된 교육과정과 동아리 활동이 있다. 축구를 마치고 사진을 같이 찍었다. 날마다 시간이 휙 간다. 그리고 하루가 길다. 아침 일찍 일어나 저녁 늦게까지 사는 흐름이 우리 자연속학교와 같지만 아무래도 책임지고 돌보는 선생이 아니고 방문객이니 편안하게 관찰하고 배우며 둘레 자연 환경을 누리면서 나에게 집중하고 있다. 한국에서는 이런 여유를 만들어내기가 쉽지 않은 터라 내 인생에서 이런 날이 다시 올까 싶을 정도다.

6시 저녁 먹을 때 만난 교사 루이스에게 8시에 하는 저녁 활동 시간에 핸드니팅을 하자고 했다. 루이스가 저녁 먹은 뒤 종을 치고 모두에게 저녁 수공예 활동이 있다고 알리고 내가 가르쳐 줄 거라는 것도 말했다. 얼른 방에 가서 씻고 미리 세 가지 견본을 만들어 놓았다. 가져온 보람이 있게 잘 알려주고 싶은 까닭이다. 예상대로 여학생들이 주로 왔다. 우리 옆에는 그림 색 입히기와 플라스틱공예를 하는 학생들도 있다. 가장 먼저 온 친구들에게 손뜨개를 가르치고 있으니 점점 수가 늘어났다. 10여명이 둘러앉아 하는데 남학생 두 명이 늦게 참여했다. 실 뜨개부터 시작하고, 양말목 손뜨개, 그리고 양말목 꽃 만들기다. 가장 쉬운 손뜨개라 학생들이 아주 빠르게 익힌다. 소피와 여학생 둘은 손이 정말 빠르다. 손재주가 있다. 뒤에 온 학생들은 먼저 배운 학생들이 가르쳐주도록 했다. 친구가 가르쳐주는 게 더 빠르다. 다 함께 손을 놀리며 도란도란 이야기를 나누는 재미는 어디서나 같다. 스벤보르 출신인 친구와 한국 교복, 맑은샘 이야기를 했다. 역시 청출어람이다. 두 학생이 가르쳐주지 않았는데도 두 가지 색, 세 가지 색을 섞어 양말목 손직조를 한다. 멋진 작품이 나왔다. 양말목 꽃 만들기는 처음에는 어려운데 할수록 늘어서 만족도가 높아져갔다. 2시간 꼬박 인내심을 가지고 하는 세 친구들을 보니

저절로 격려와 칭찬이 말이 나온다. You have talent. 한
친구는 정말 길게 엮었다.

　교사 루이스가 친절하게 말을 걸어주고 관심을 보여
주었다. 학교 교복에 관한 이야기, 빈부격차와 세금과 복
지체계 차이도 나누고, 내가 입고 있던 베트남 바지 이
야기도 했다. 멋있다고 해서 베트남에서 싸게 샀는데 편
하다고 했더니 일거양득이란다. 사냥 면허증은 교장과
교사 한 분, 교감 세 사람이고, 승마는 면허증 필요없단
다. 나중에 교장에게 들으니 많은 교사들이 사냥 면허증
이 있다고 했다. 학생에게 물었더니 날마다 말을 타고
말을 돌본다고 했다. 승마는 일 년 내내 연습하는 거고,
말을 더 잘 타기보다는 말과 교감하며 말을 돌보는 게
중요한 뜻이라고 했다.

수업과 교장

2023. 5. 24. 수요일. 날씨: 해가 쨍하니 구름도 적당하고
바람도 없고 정말 좋은 날씨다. (덴마크 17일째)

오전 공부로 9학년 영어 수업을 잠깐 따라갔다. 수업 전에 산책으로 학교 둘레를 한 바퀴 도는데, 저마다 발표할 주제와 피피티 발표 채비를 하면서 걷는다. 발표할 걸 미리 읽어보고 암기하듯이 중얼거리며 걷는 아이들이 있다. 축구를 좋아하는 프란체스가 나에게 발표할 내용을 들려주겠다며 피피티 페이퍼를 보여주며 설명을 했다. 발표 연습인 셈이다. 스칸디나비아반도 바이킹 문화와 언어가 영어에 미친 영향이 주제인데 덕분에 영어 속에 들어있는 바이킹 역사와 말을 알 수 있었다. 8학년 영어수업에 들어갔는데 노트북을 꺼내서 저마다 교사가 내준 발표 주제를 영어로 작성하고 있다. 덕분에 나도 노트북을 켜고 일기도 쓰고 한국에 연락할 것도 했다.

쉬는 시간에 나왔는데 포비어 교장이 시간 있다고 해서
이야기를 길게 나누었다.

"나는 그린란드 출신으로 어머니가 그린란드 사람이다.
2009년에 그린란드에 최초의 에프터스콜레를 세웠고,
지금은 그린란드에 에프터스콜레가 3개, 프리스콜레가
2개다. 그린란드는 추워서 수도에 그린란드 전체 인구 5
만 7천여명 중 거의 반 정도가 산다. 여름에는 기온이 24
도쯤 되는 지역이라 그렇지 추운 곳은 정말 춥다. 영하
50도가 기본인데 역시 기후변화 영향 탓으로 많이 온도
가 올라갔다. 특별한 요구가 있는 친구들은 65명중 5명
이다. 지원할 때 모두 입학하는 게 아니라 입학할 때 학
교에서 생활이 가능한지 살펴서 결정한다. 자연 속에서
치유가 가능하고 다른 친구들과 기숙생활을 함께 할 수
있는 정도여야 한다. 교사 다수가 사냥면허가 있다. 새
교사를 뽑을 때 사냥면허 시험을 채비해야 한다고 알린
다. 오늘도 새 교사 면접이 있다. 약 30여명이 지원해서
그룹마다 일정한 때에 면접을 보는데 오늘 저녁에 면접
이 있다.
에프터스콜레 교장은 특별한 까닭이 있어 본인이 그만
두지 않으면 줄곧 교장을 할 수 있다. 이사회 7명은 이
지역에 산다. 새로 지은 건물은 해마다 돈을 저축해서

사냥과 들판 식물을 요리할 수 있는 큰 부엌이 있는 건
물을 지으려고 하고, 승마장 옆에도 역시 큰 건물을 지
을 계획이다. 돈은 정부나 지방정부 도움 없이 오롯이
학교에서 저축해 짓는다. 사냥하는 넓은 들판도 모두 학
교 소유다. 학교 교장은 교육 철학을 체화해서 함께 살
교사들을 뽑는데 정성을 들여야 학교를 유지할 수 있다.
학교의 전망을 열어내고 학교를 총괄하는 노릇이 많아
교사들보다 주말과 평일 저녁에도 시간을 내야 하지만
기쁘게 하고 있다. 지난주 아이슬란드로 전체가 캠핑을
다녀왔다. 내가 그곳에 살았던 경험이 있고 내 연고가
있어 꾸준히 가는 게 나름 특화되어 있는 교육활동이다.
비가 내리고 날이 추웠지만 함께 한 추억이 더 많았다."

대안교육 소개와 맑은샘 축하

11시 30분 모두가 모인 강당에서 한국, 대안교육, 맑은샘학교를 소개했다. 한국 문화와 역사, 덴마크의 자유학교들과 비슷한 한국의 대안교육 현장과 대안교육연대, 맑은샘학교 활동을 PPT로 채비해서 들려주었다. 영어를 잘 못하는 친구도 있지만 영어를 잘 하는 친구들이 더 많아서 중간 중간 영상에서 크게 웃기도 하고 환호를 보내기도 했다. 한국의 대안교육 현장과 맑은샘학교의 활동을 보며 플루뵈썬뎃 에프터스콜레 Efterskolen Flyvsandet와 많이 비슷하다고 했다. 한국 정부가 교육 재정을 지원하지 않아 민간의 힘으로 학교를 운영하고 있다는 것을 잘 이해할 수 없다고 했다. 덴마크에서는 누구나 쉽게 학교를 세울 수 있고, 학교를 가지 않아

도 재정 지원을 하는 게 당연한 것이라 어떻게 그런 일
이 있을 수 있냐 물었다. 한국의 상황이 특별한 상황을
한참 이야기 했으나 역시 쉽지 않다. 지도상으로 한국
이 얼마나 먼 곳인지 알고는 덴마크 교육과 에프터스콜
레 교육시스템을 배우러 온 나에게 크게 박수를 쳐주었
다. 포비어 교장이 사진도 찍어주었다. 학생들이 관심 있
게 들어주어 준비한 보람이 있었다. 케이팝 좋아하는 친
구도 알게 되고, 같이 사진도 찍었다. 가장 즐거운 것은
전교생이 맑은샘학교 18주년 생일잔치 축하를 한국말로
하는 영상을 찍었다는 거다. 이번 주 27일(토)에 맑은샘
학교 18주년 생일잔치가 열리는데, 내가 처음으로 참석
을 못 한다. 덴마크 친구들을 만날 때마다 축하 영상을
부탁해서 찍고 있다. 맑은샘 식구들에게 보내는 영상 편

지 선물인 셈이다. 포비어 교장과 학생들 덕분에 맑은샘 식구들에게 즐거운 선불 추억거리가 되겠다.

　점심 먹을 때 학생 소피아와 이다가 자기들 밥 먹는 밥상에서 함께 밥을 먹자고 했다. 한국 음식도 이야기 하고, 한국 케이팝 이야기도 했다. 앞에 앉은 8학년 친구는 이름이 정말 발음이 어렵다. 내가 지난주 있었던 스벤보르에 있는 Vester Skerninge Friskole를 다녔다고 해서 반가웠다. 수요일마다 점심 먹고 쉬다가 1시부터 기숙사 청소 시간이다. 교사들이 방 청소 상황을 모두 점검한다. 한국 기숙학교와 같다. 2시 30분 전체가 모여 노래를 부르고 전달사항을 교사마다 이야기하고, 한 주에 한 번 학생에게 상을 준다. 좋은 이벤트로 서로 축하하고 기념하는 일을 잘 배치해놓았다. 포비어 교장이 먹이를 주는 사냥개를 봤다. 밥 주면서 잠깐 북한과 남한이 통일을 못하는 까닭, 북한의 상황을 이야기 했다. 뉴스에서 봤단다. 덴마크도 군사 분야에서는 미국 영향 아래 있다고 했다. 군대가 없는 나라인 덴마크는 왕실을 지키는 군인과 지역에 근무하는 군인이 약 8천 명 정도 된다. 군사비에 돈 쓸 일이 없으나 요즘 유럽연합이 늘리라는 요구가 들어와 늘리고 있단다. 라이스비 에프터스콜레가 영국 캠브리지대학 영어시험을 대비하는 학생들처럼 언어에

특화되어 있는 학교라면 플루뷔썬뎃 에프터스콜레는 아
웃도어 액티비티가 특화되어 있다. 학교마다 과일과 새
참도 다르고, 더 집중하는 교육 활동이 확실하게 특성화
되어 있다. 3시 이후부터는 6시까지 자유 시간인데 그동
안 교사들이 소그룹으로 학생 면담을 하거나 생활을 돌
보는 시간이란다. 면담을 마친 아이들은 자전거를 타고
근처 해변으로 간다. 아이스크림 먹으러 간단다.

과학 수업과 John

$$H_2O$$

2023. 5. 25. 목요일. 날씨: 정말 날씨가 좋다, 바람과 햇볕에
살랑거리는 들판의 밀, 새들의 지저귀는 노래 소리가
눈과 귀를 간지럽히고, 온 몸의 세포를 깨운다. (덴마크 18일째)

6시 알람이 울리고 눈을 뜨는 순간 환한 햇빛이 들어온다. 참 멋진 방에서 신선한 아침 공기를 느끼며 일어난다. 날마다 축복이다. 간단하게 샤워를 하고 아침 산책을 했다. 바람과 햇볕에 살랑거리는 들판의 밀, 새들의 지저귀는 노래 소리가 눈과 귀를 간지럽히고, 온몸의 세포를 깨운다. 학교 건물 바로 옆에 있는 들판너머 큰 농장의 집을 날마다 본다. 걷기를 좋아하는 한 학생은 일찍 아침 산책을 하고 있다. 학교 둘레를 한 바퀴 돌고 식당으로 가니 학생들이 졸리는 얼굴로 아침을 먹는다. 커피와 빵이 이제 익숙한 아침이 됐다.

아침 수업은 물리학, 지리와 생물학인데 거의 다 다음주나 다다음주 있는 시험 대비로 저마다 노트북으로 주

제에 맞는 발표 글을 쓴다. 존이 하는 10학년 물리학 교실에 가니 마지막 시험 대비라 학생들이 발등에 불 떨어졌다고 웃는다. 존과 이야기를 나누었다. 학생들과 장난도 잘 치고 친근한 교사인 존은 한 눈에도 나이가 많아 보이지만 늘 활기차다. 존은 37년간 교사로 살았고 내년에 퇴직이다. 그는 프리스콜레에서 12년, 공립학교에서 4년을 일하고 21년을 에프터스콜레에서 근무했다. 교장으로도 일했다. 교사가 되려는 사람에게 해주고 싶은 말이 무엇인지 그에게 물었다. 그의 대답은 간단했다.

"교사는 아이들과 지내는 것이 좋아야 한다. 아이들과 놀고 일하고 공부하는 즐거움이 있어야 교사의 삶이 행복하다. 이곳은 야외활동을 전문으로 하는 에프터스콜레니 여기 교사가 되려면 무엇보다 야외활동을 좋아하고 체력도 있어야 한다. 그래서 새 교사를 뽑을 때 기준이라면 학교 특성이 자연 속에서 지내는 것이니 자연 속 활동을 좋아해야 한다. 면접 볼 때 가장 먼저 물어보는 게 그것이다."

맑은샘학교와 한국의 대안교육 현장도 교사를 뽑을 때 존의 생각과 비슷하다. 학교 철학으로 자신의 삶을 살기 위해 애쓰려는 교사, 아이들을 사랑하는 일을 교사

의 소명으로 여기는 교사, 학교 교육 과정과 교육활동
을 좋아해서 기꺼이 아이들과 바깥활동이나 여행을 즐
기려는 교사, 스스로 몸과 마음을 건강하도록 자신을 가
꿀 수 있는 교사, 동료 교사와 협력하고 두루 관계 맺기
가 원만한 교사, 학부모와 함께 학교 운영과 마을교육공
동체를 가꾸는 일을 즐겁게 하려는 교사, 단순한 직장으
로 여기지 않고 교육운동으로 세상을 이롭게 하려는 교
사를 모시려는 마음으로 신입교사들에게 공통으로 하
는 질문들이다. 적은 급여로 더 많은 일을 하는 대안교
육 현장의 교원들은 여전히 교육운동가이자 마을활동
가일 수밖에 없다. 그저 아이들을 만나는 것만 생각한다
면 학원이나 다른 곳도 있으니 굳이 헌신하는 교사와 부

모들에게 감당할 수 없는 노동조건 개선을 요구하지 말고 마음껏 원하는 만큼 아이들을 사랑할 수 있는 곳으로 가면 된다. 물론 이런 이야기를 꺼내면 거부감을 초래할 수 있다는 걸 안다. 현재 일터를 좋은 직장으로 만들려는 욕구를 부정하는 건 아니다. 새로운 학부모와 교사 세대가 등장했고 그에 걸맞은 노동과 공동체 문화를 가꿔가는 일은 당연하다. 다만 꼰대 생각일 뿐이지만 대안교육운동에 헌신하려는 열정이 없다면 인구절벽을 앞두고 있는 때 굳이 어려운 교육공동체 학교와 바깥활동이 많은 학교를 선택할 필요가 없다는 것이다. 스스로도 힘들고 둘레를 힘들게 할 수 있으니 한 번뿐인 자기 인생에서 더 행복한 곳을 찾아내 사는 것은 서로가 바라는 거 아닐까.

야콥과 교류 협력

어제 늦게 잠이 들었는데도 알람 소리 없이 일찍 잠이 깼다. 샤워하고 아침 산책을 했다. 이곳 학교를 떠나는 날이라 또 새로운 아침이다. 이번에도 산책 좋아하는 학생을 만났다. 아침을 먹고 이곳 시간으로 8시, 한국 시간은 오후 3시에 대안교육연대 운영위원회 줌 회의가 있었다. 9시 30분쯤 일찍 회의가 끝날 때쯤 에프스콜레협회 국제연대 담당 야콥씨가 왔다. 이번 덴마크 연수를 주선하고 소개해준 고마운 친구다. 반가워 서로 안고 인사를 나눴다. 여전히 젊은 얼굴과 스마트한 패션 감각을 보여주어 여전하다 했더니 자기도 이제 50대란다. 이곳은 자기도 처음이라고 해서 학교 둘레를 한 바퀴 돌며 그동안 소식과 내 덴마크 생활에 대해서 이야기를 나누었다. 말 농장까지 걷고 다시 해변까지 걸어가며 덴마크 에프터스콜레와 한국 교육, 교사대학, 대안교육연대, 맑은샘학교 이야기를 나누었다. 그동안 오가며 교류한 덕분에 한국 교육의 현실을 잘 알고 있어서 힘을 주는 이야기를 많이 건네주어 고마웠다.

"지금은 한국 정부나 교육청의 재정지원이 없지만 언젠가는 모두가 한국 대안교육과 삶을 위한 교사대학, 맑은샘학교를 주목할 거다. 2019년 맑은샘학교에도 가고 과천시의회에서 같이 국제포럼을 연 기억이 난다. 당시 맑은샘학교의 마을 속 교육과정과 교육공동체 식구들의 열정을 보고 놀라웠다. 이번에 네가 만난 Vester skeninge friskole 교장 Thomas가 너랑 비슷하다. 교사로, 교장으로, 지역 활동가로 살아가는 모습이 서로 닮았다. 2019년 방문 때 맑은샘학교 교육과정과 지역 속 실천을 보고 깊은 인상을 받았다. 그 뒤 페이스북으로 네가 올리는 소식을 덴마크 프리스콜레나 공립학교에 너와 한국 대안교육 이야기를 했는데, 국가의 재정 지원 없이 이렇게 학교를 꾸려가고 있다는 말을 건네면 덴마크 친구들이 다들 놀란다. 덴마크도 사람 사는 곳이고 어디나 사람 사는 곳은 비슷해서 덴마크 행복, 행복교육 이야기하지만 여기서도 부족한 게 늘 있다. 덴마크 정부의 에프터스콜레 정책은 크게 변화한 게 없고 여전하고, 에프터스콜레는 증가하고 있다. 한국 학생 수가 크게 줄어 네가 걱정하는 것도 잘 알고 있다. 에프터스콜레는 학교마다 특성화가 되어 있어 학교마다 다 다른 게 좋다.”

올해 교사대학이 채비하고 있는 7월 대전 한국 덴마크 국제교육포럼에 Peter Bendix Pedersen 프리스콜레협회장과 Torben Vind Rasmussen 에프터스콜레협회장이 참여하는데, 항공권과 채재비는 모두 한국에서 부담한다. 삶을 위한 교사대학이 기획하고 진행하며 대전교육청이 재정지원을 하고, 포천시에서도 한 차례 포럼을 열고, 제천간디학교를 방문하는 일정으로 기획되어 준비하고 있다. 교사대학 10주년을 맞아 긴밀한 교류관계를 맺고 있는 덴마크 핵심인사를 초청해 함께 교육의 화두를 이야기하는 자리이다. 학교 둘레를 산책하며 반가운 사람과 이야기를 나누는 건 참 즐겁다. 학교로 돌아와 게스트 룸 응접실에서 영상을 찍자는 부탁을 했다. 덕분에 대안교육연대 식구들과 교사대학(TCL)이사들에게 전하는 영상을 찍었다. 바로 교사대학 이사들에게 보냈다. 오후에 아이 학교에 태우러가야 한다고 나서는 야콥을 배웅하면서 준비한 작은 선물을 줬다.

파비어 교장와 애나 교감은 부부인데 학교에서 외부

로 나가봐야 한다고 먼저 작별 인사를 했다. 파비어 교장은 미래는 아무도 알 수 없으니 우리가 또 만나게 될 거라고 했다. 뜨거운 포옹으로 작별을 고하고 준비해간 선물을 드렸다. 그런데 학교 배낭을 나에게 선물했다. 배낭에 찍힌 학교 이름 발음하기가 어려워서 내가 여러 번 발음하며 같이 웃었다. 보기에도 튼튼해 보이는 45리터 배낭이었다. 딱 덴마크에서 필요했는데 귀한 선물을 받았다. 학교 운영하는 일들을 잠시나마 오가며 봤지만 정말 많은 일을 하고 있는 두 분이었다. 사냥 수업, 교사회의, 지역회의, 면접, 어느 곳이나 학교 운영자의 책임과 일을 비슷하다.

교육이 바꿔야 할 몫

이제 에프터스콜레협회와 프리스콜레협회에서 추천한 학교에서 공식 방문 일정을 마무리했다. 3개 학교, 일주일씩 학교에서 지내고, 비공식으로 프리스콜레 2곳을 방문한 일정이었다. 나는 무엇을 보고 배웠을까 날마다 쓰는 일기에도 물었고 지금도 묻는다. 날마다 친절한 덴마크 학생들과 교사들을 만났고, 일주일을 기꺼이 머무르게 해준 것에 크게 고마워하며 살았다. 준비해온 양말목과 뜨개질 재료도 학생들과 수업에서 잘 썼고, 한국과 대안교육, 맑은샘학교를 소개한 ppt도 잘 쓰였다. 덴마크 사람들은 한국을 잘 모른다. 교류를 하고 방문한 경험 있는 덴마크 교사들이 한국 사정을 알고 있지 거의 다는 어디에 있는지도 잘 모른다. K팝과 K드라마 덕분에 한국을 아는 젊은이들이 늘어나고 있지만 동양의 작은 나라를 아는 이가 얼마나 되겠는가. 그런데도 그들을 방문한 동양인에게 참 친절했다.

가장 크게 배운 건 친절함과 환대였다. 일상을 함께할 수 있어 교사와 학생들의 만남과 수업, 학생들의 환한 얼굴을 날마다 보면서 친밀함이 중요함을 상기했다. 교사에게 가장 중요한 학생과의 친밀감, 이것이 기숙형학교에서도 교사가 지녀야 할 첫 째 자질이었다. 부모를 떠나 지내는 학생들에게 교사는 더욱 부모이자 의지할수 있는 친밀한 존재였다. 날마다 과목과 생활에서 학생과 일대일 상담이 일어나는 모습을 보며 한국의 대안교육연대 소속 기숙학교 교사들이 떠올랐다. 한국의 대안교육연대 소속 기숙형 학교 교사들의 헌신성은 이곳보다 훨씬 뛰어남을 나는 잘 알고 있다. 두 아이를 기숙형학교에 보내면서 익히 잘 보아왔고, 많은 기숙형 학교교사들을 만나며 그들의 성품과 인격에 반하곤 했다.

에프터스콜레에 지내면서 특화된 교육과정을 지닌 학교의 힘을 확인했다. 언어중심으로 특화된 라이스비, 자연 속 활동을 전문으로 하는 플루뵈썬뎃, 두 곳 다 기본교과 공부를 충분하게 해내며 학교마다 특징을 살린 교육과정으로 학생들을 성장시키고 있었다. 한국의 대안교육연대 소속 현장 또한 다양하다. 차이는 에프터스콜레는 일 년에서 2년 3년까지도 머무를 수 있지만, 한국의 기숙형 학교는 중등 3년제이거나 통합형 5년제, 6년제다. 에프터스콜레를 경험하고 학생들은 고등학교에서 대학진학을 준비하거나 취업을 채비한다. 한국 공교육도 인문계, 특성화계열이 존재하지만 대학진학률이 80프로 넘을 만큼 대학입시가 학교 교육의 모든 것을 비틀어버린다. 초등학교에서 대학 진학을 위한 과외수업이 흔하니 말 다했다. 그래서 많이 부러웠다. 우리 한국의 아이들이 이런 덴마크 아이들이 누리는 시간과 행복한 교육과정을 겪지 못하고 다수가 대학입시에 목매달고 있는 교육체제아래 행복하지 않은 현실이 안타깝다. 우리 아이들도 이렇게 살도록 어른들이 정치를 바꾸고 교육을 바꿔야 할 몫이 있다.

그런데 지금 한국에서 들려온 소식을 들으니 다시 화가 났다. 미래교육을 위해 준비해온 공립대안학교 개교를 미루고 입시형 학교로 바꾸려고 하면서 교육을 뒤로 후퇴시키려는 조짐이 보수교육감과 지방교육청에서 일어나고 있다. 갈 길이 멀고도 멀다. 절망하기보다 아이들을 위해 분노하고 또 희망과 낙관으로 싸워야 한다. 대안교육의 태동도 그랬고 지금도 여전히 우리는 힘을 내야 한다. 학령인구 감소와 재정위기란 큰 어려움이 있지만 다시 처음부터 시작한다는 마음으로 열정과 책임을 꺼내야 한다. 어려움을 꺼내보고 감당할 수 있는 건 감당해내고, 어려운 것은 내려놓는 전략도 필요하다.

연대조직이 더 힘을 가져내려면 무엇이 필요할까? 물적 재원이 부족한 형편에서도 할 수 있는 일은 많다. 연대 소속 현장의 학부모와 교사 학생들, 졸업생들이 함께 힘을 모아 그동안의 성장해온 힘을 바탕으로 미래를 열어갈 때다. 사람이 가장 귀한 자산이지 않은가. 우리에게는 민주와 자유, 공동체와 평화, 교육의 본뜻을 살리려는 수많은 사람들이 있다. 어쨌든 덴마크의 경험은 나에게 잊지 못할 추억과 경험을 선물해줬다. 인생에서 이런 기회는 쉽지 않음을 잘 알기에 더 고맙다.

학생들이 모두 떠나고 3시쯤 교사 한 분이 학교 곳곳 정리를 하고 있는 동안 일기를 썼다. 날이 정말 좋은데 응달에 있으면 조금 서늘하고 햇빛으로 나가면 덥다. 아무도 없는 학교에서 5시에 만나기로 한 키스텐을 기다렸다. 기다리는 시간도 참 고맙다. 마무리를 마친 교사와 인사를 마치고 그녀가 떠난 뒤 정말 혼자 학교에 있다. 가방을 주차장 근처로 옮겨놓고 학교를 천천히 걸어보며 다시 못 올 것처럼 눈에 풍경을 담았다.

Kirsten과 Søren

 기다리던 두 시간이 금세 갔고, 5시에 차가 들어왔다. 한 눈에 알아보았다. 반가운 키스텐과 남편 쇠렌이 차에서 내리자마자 반가워서 껴안았다. 한국에 왔을 때 우리 학교를 방문한 키스텐과 페이스북 메시지로 꾸준히 연락을 주고받았다. 둘째 아들이 2020년 덴마크에 있을 때에도 올러럽에 있는 학교까지 찾아가서 만나준 고마운 분들이다. 정말 반가웠다. 차로 한 시간 넘는 곳으로 나를 태우러 왔고, 다음 주 함께 지내도 된다고 하신 분이니 그 친절함과 환대의 마음이 얼마나 큰지 그저 고맙기만 하다. 그래서 다른 일정이나 계획을 잡지 않고 키스텐 집에서 머무르며 덴마크 방문 일정을 마무리하고 싶었다. 유럽에 온 김에 다른 여러 곳을 가고 싶은 마음도 키스텐의 따뜻한 초대와 친절에 전혀 생각나지 않았다. 한 번 만난 외국인을 초대해서 집에서 머무르게 하는 우정과 환대는 평생 잊지 못할 것이다. 오랫동안 교사로 교장으로 지낸 뒤 은퇴한 후에 연금으로 생활하는 그녀는 지혜롭고 유머가 넘치고 세심하게 배려하는 멋진 분이다.

차 안에서 Vejle로 가는 한 시간 동안 정말 많은 이야기를 나눴다. 내가 방문한 학교 이야기, 놀라운 경험들, 에프터스콜레와 프리스콜레 이야기, 덴마크 사회와 한국사회에 대해서 재미나게 이야기를 이어갔다. 남편 쇠렌은 운전을 정말 잘하고, 가는 길에 작은 성이 나오자 설명해주는 친절함까지 키스텐과 정말 어울리는 분이었다. 금세 한 시간이 휙 가고 집에 도착했는데 집이 정말 아름답다. 연금 생활을 하는 두 분이 약 2년에서 3년 동안 빌린 이 집은 바로 앞에 숲이 있고, 새소리가 줄곧 들리고 고요하고 평화로웠다. 쇠렌은 집에 닿자마자 시원한 맥주를 선물로 안겨 주었다. 학교에 있는 동안 마시지 못한 맥주였다. 얼린 맥주잔에 시원한 맥주를 정원 의자에 앉아 먹는데 천국이 따로 없다. 정말 시원하고 맛있다. 손님을 위해 정말 세심하게 배려한 것을 곳곳에서 확인하며 줄곧 감동했다. 방 침대에는 붉은색 포장지로 싼 선물과 환영하는 엽서를 놓아두어서 사람을 감동시키고, 바로 앞 손님용 화장실에는 한글로 쓰인 비누가 있었다. 거실 옆 큰 직조용 베틀이 있고 아름다운 직물이 고운 자태를 보이고 있었다. 집 안 곳곳과 정원을 소개받으며 두 분이 어떻게 사시는지 금세 알 수 있었다. 정리정돈, 깔끔함, 실용성, 여유가 느껴졌다. 시원한 맥주 한 잔을 마신 뒤 짐을 풀고 저녁을 먹는데 오디오에서 한국 음악이 흘러나왔다. 나를 위해 한국에서 인기 있다는 노래를 열 개나 준비했단다. 와인, 함께 맛있는 베트남씩 쌀밥, 버섯고기수프, 채소 샐러드가 음악과 함께 방문객을 행복하게 만들었다. 쇠렌은 전직 경찰관이었고, 카레이싱을 즐기는 분이었다. 큰 키에 차분한 말과 유머러스한 멘트, 정말 멋있는 분이다.

18주년 학교 생일잔치가 내일 열려서 축하영상을 보내고 싶다니 기꺼이 승낙하고 귀한 축하 인사를 선물해주고, 멀리서 학교 식구들에게 축하영상을 보내는 내 영상도 찍어주었다.

그렇게 놀라운 키스텐, 쇠렌과의 하루가 시작되었다.

덴마크 일상과 휘게(hygge)

2023. 5. 28. 일요일. 날씨: 정말 날이 좋다. 햇볕, 바람,
새들의 지저귐, 파란 하늘이 축복이다. (덴마크 21일째)

Blåvand, Denmark's westernmost point 라는 덴마크
서해안 바닷가를 갔다. 바일레에서 1시간쯤 걸린다. 쇠
렌이 운전했다. 가는 동안 덴마크 사회, 한국 사회, 군사
훈련지역이라는 율란드 지역, 교육 이야기로 시간 가
는 줄 몰랐다. 그룬트비와 크리스튼 콜에 대해 이야기
했다. 지금의 덴마크 자유교육의 아버지들이 덴마크 사
회에 끼친 영향이 지금의 덴마크 사회다. 나는 두 분에
게 한국과 덴마크 교육이 만난 역사를 들려주었다. 1921
년 오산학교와 1958년 풀무학교, 지금의 대안교육이 덴
마크 교육과 연결이 어떻게 되었는지, 한국 대안교육 현
장을 대표하는 연대체 조직 〈대안교육연대〉와 교사 양
성기관 〈삶을 위한 교사대학〉 역사와 현재 활동도 이

야기했다. 과거와 현재를 보며 서로 연결되어있는 정신을 깨닫는다. Blåvand 쇼핑 거리도 둘러보고 Blåvand Fiskerestaurant 해산물요리 뷔페에서 점심도 먹었다. 정말 멋진 Blåvand 바닷가를 일부러 보여주고 식당에서 멋진 식사를 선물해준 분들에게 얼마나 고마운지 날마다 미안하고 고맙다. 바닷바람을 많이 맞은 탓인지 돌아오는 차 안에서 잠이 들어 미안했다. 바닷바람, 배부름, 모래 위 걷기가 잠을 쏟아지게 했다.

4시 넘어 닿아서 씻고 쉬는데 잠을 자고 일어나니 6시가 넘었다. 어제 내가 만든 잡채와 햇반과 컵라면을 채비해 시원한 맥주와 함께 저녁을 먹었다. 식사를 마치고 우리는 감자 위스키 스냅스를 마셨다. 무려 여섯 가지

맛을 보았다. 40도가 넘는 위스키를 맛보며 우리는 정말
많은 이야기를 나눴다. 정치, 역사, 교육, 교사, 지역 커뮤

니티, 쇠렌의 퇴직 후 자
원봉사로 커뮤니티에 상
담자로 봉사한 이야기,
스냅스마다 있는 추억
이야기, 11시가 넘어서까
지 우리는 스냅스를 마
시며 이야기를 나눴다.
28년간 교사로 살다 정
년퇴직한 키스텐에게 교

사의 자질이 무엇이냐 물었다.

"아이들을 전체로 품어 안는 사랑이 가장 중요하다. 어
느 곳이나 교육은 가정에서 시작되고, 부모들이 아이 교
육에 결정적이다."

서로 동의하며 고개를 끄덕였다. 어느 나라든 교사들
이 부모와 상담에서 상처받는 것도 비슷하다. 스냅스마
다 있는 이야기도 재미났다. 크리스마스와 부활절에 덴
마크 가정들이 술을 많이 먹는 편인데 그때마다 스냅스
와 맥주가 있단다. 스냅스만 마시면 괜찮은데 맥주랑 섞
어 마시면 취한다. 취하는 건 어디나 비슷하다.

저녁마다 대화

2023. 5. 29. 월요일. 날씨: 바람도 적고 파란 하늘 원 없이 본다.
날이 정말 좋다. (덴마크 22일째)

아침나절에 키스텐과 쇠렌이랑 레고하우스를 다녀왔
다. 날마다 오후에 낮잠을 잔다. 오늘도 한 시간쯤 자고
일어나니 6시가 다 되어간다. 에프터스콜레 토번 회장
에게 감사 편지를 보냈다. 저녁은 바베큐 파티다. 맛있는
저녁을 좋은 사람들과 먹는 기쁨은 축복이다. 음식 이야
기, 서로 다른 문화 이야기, 결혼 이야기가 곁들어졌다.
저녁 뒤에 진을 만들어 마셨다. 노래도 불렀다. 나는 아
리랑 노래를 다섯 가지 버전으로 들려주고, 키스텐과 쇠
렌은 바이킹 노래와 전통 덴마크 노래, 그룬트비 노래를
불러주었다. 블루북이라는 노래책, 가는 학교마다 보는
노래책이다. 결혼식 사진도 봤다. 2년 전인데도 정말 젊
어 보였다. 나는 아들 춤추는 영상을 보여주었다.

그저께는 내가 한 잡채를 (한국에서 잡채면을 가져오고 여기에서 재소와 고기를 사서 요리한 잡채다.) 맥주와 함께 정원에서 멋진 날씨를 즐기며 먹었다. 한국 음식과 덴마크와 한국 국기 이야기, 정치, 교육, 이웃, 우리들의 주제는 다양하고 폭넓었다. 시간은 많았고 할 이야기는 충분했다. 경륜이 있는 분들에게 많은 걸 배운다.

저녁 먹고 보드게임을 했다. 중국식 보드놀이, 숫자 놀이인데 원리를 잘 가르쳐주셨고 금세 배웠다. 처음 하는데 잘한다고 칭찬해주었다. 놀이를 하면서 이웃과 공동체의 중요성을 많이 들려주셨다. 건강을 위해서라도 이웃과 이야기를 많이 나눠야 하며 그래야 우울증에 걸리지 않는단다. 우리는 다섯 판쯤 했는데 두 분이 정말 건강하고 잘한다. 67세 연령이 느껴지지 않을 만큼 감각과 센스가 뛰어나다. 긴 하루였지만 여유롭고 행복함이 충만한 시간이었다. 한국에서 누리지 못한 여유를 이곳에서 충분히 누리고 있다.

날마다 멋진 날을 보낸다. 어느새 이틀 뒤면 떠난다. 아름다운 사람들과 헤어질 생각을 하니 벌써 눈물이 날 것 같다. 고맙다는 인사를 날마다 건넨다. 와 줘서 고맙고 함께 해서 좋다는 말을 줄곧 들으며 서로의 만남을 아름다운 추억과 인연으로 만들고 있다. 10시가 넘으니 밖에 멋진 노을이 기다리고 있다. 참 긴 시간 날마다 대화를 한다. 휘게의 삶이다. 이제 조금 휘게를 알 것 같다. 스벤보르 토마스의 동반자 비키가 말했듯 휘게의 일상은 대화와 친밀감, 익숙한 여유와 기쁨이다. 날마다 가족과 시간을 행복하게 가꾸는 삶, 휘게. 한국에서 가능할까 싶지만 다 자기 하기 나름이다. 어느 곳에서든 아름다운 일상을 가꾸는 몫은 자기에게 달려있다.

발도르프 유치원과 슈타이너 프리스콜레

2023. 5. 30. 화요일. 날씨: 햇살과 파란 하늘이 참 예쁘다.
(덴마크 23일째)

새벽에 잠이 깨버렸다. 덕분에 한국에서 할 일을 처리했다. 이번 주말에 한국에 들어가니 생각해 놓을 게 많이 떠오른다. 나는 이번 덴마크 방문에서 무엇을 배우고 돌아가는가. 왜 덴마크에 오려고 했는가. 날마다 생각 속으로 빠져든다. 예상대로 정말 멋진 사람들을 만났다. 덕분에 휘게의 삶을 생각하는 기회가 되었다. 덴마크 교육제도에 대한 이해를 높일 수 있었다. 덴마크 친구들이 인정하듯이 우리 한국의 대안교육 현장은 정부 지원 없이 놀라운 헌신과 활동으로 교육의 새로운 미래를 열어왔고 미래 교육을 실천하고 있다. 다시 확신을 가지고 말할 필요가 있다. 자부심과 열정이 있어야 지속가능성을 열어낸다. 지속가능성은 지속가능 하려는 열망이 있

어야 일어나는 것이다. 결국 사람이 하는 일 아니던가.
협력 수업이 일상으로 일어나고, 학생과 교사 면담이 늘
있는 덴마크자유학교에서 한국의 대안교육을 만났다.
우리가 배울 것들이 떠오르고, 생각해볼 주제 첫 번째로
교사의 삶을 꼽아봤다.

　아침나절에 키스텐이 미리 주선해놓은 유치원에 갔
다. 원장이 키스텐의 제자였다. 우리나라로 치면 공동육
아 발도르프 유치원인데 아이들이 자연 속에서 놀도록
돕는 유치원이다. 갓난아기부터 6세 아이들이 돌봄을 받
고 있는데, 어느 곳이나 아이들은 사랑스럽다. 키스텐의
손녀도 이곳에 다닌다. 곳곳을 둘러보고 점심으로 키스

텐이 채비한 샌드위치와 유치원에서 준 커피를 마시며 유치원 돌봄에 대한 이야기를 들었다. 이어서 옆에 있는 슈타이너 프리스콜레(Steiner Skolen i Vejle)를 방문했다. (https://steinerskolen-vejle.dk/) 유치원부터 9학년까지 약 170여 명이 다니는 작은 규모 프리스콜레는 발도르프 학교 특유의 분위기를 느낄 수 있었다. 울창한 숲이 바로 옆에 있고, 1, 2, 3학년 아이들이 지내는 건물, 중학년, 고학년이 지내는 건물이 있다. 2학년 교사인 애나가 학교 곳곳을 소개해주었다. 역시 낮은 학년 아이들이 놀 수 있는 드넓은 놀이터, 학년마다 채소밭, 지붕의 빗물이 흘러내리도록 설계된 연못, 야외 피자화덕, 8, 9학년이 참여할 수 있는 대장간이 인상 깊다. 교실마다 아이들 젖은 그림과 형태 그리기 그림이 벽에 붙어 있고, 칠판에는 커텐이 모두 있다. 칠판을 가릴 수 있는 커텐이다. 2학년에는 교사 둘이 배치되고 16명 학생들이 앉을 수 있는 책상과 의자가 있다. 아이들의 형태 그리기 공책과 영어, 덴마크어, 수학 수업 공책을 보여주었다, 모두 교사가 재미난 이야기로 수업을 구성하고 이야기를 들려준 다음 아이들이 교사의 이야기를 생각해내어 b4크기의 공책에 그림을 그리고 글을 써놓았다. 수학의 경우, 뺄셈 – 는 땅속 사람, + 덧셈은 지상 사랑, 곱하기는 서로 만나는 사람들, 나누기는 알맞게 나누는 사람들의 이야기를 들려주고, 아이들이 공책에 적는 과정을 들려주었다. 영어 공책도 1학년부터 배우는데 라임과 노래, 이야기를 듣고 그림을 그리고 영어 단어를 써놓은 공책에서 수업의 모습을 짐작할 수 있었다. 아이들이 수업을 거의 마칠 때쯤이라 아이마다 인사를 하도록 안내했고, 모두 차례로 나와 악수를 하며 본인 이름을 말하고 인사했다. 덴마크어로 "만나서 반갑다."는 〈 다일리다무다〉를 말하니 모두 웃었다.

　학교 건물을 둘러보고 유치원 건물을 본 뒤에 교사실과 행정실도 보았다. 교사실에서 한참 이야기를 나눴다. 한국의 슈타이너 학교, 덴마크에서 약 10개 정도 된다는 슈타이너 학교에 대한 정보를 주고받았다. 학생들이 전화기를 쓰지 않고, 노트북을 쓰지 않는 게 규칙인 학교다. 나중에 돌아오는 길에 키스텐이 덴마크 많은 학생들이 노트북과 스마트폰에 익숙한 학교 환경이라 여기가 아주 특별하다고 했다. 물론 아이들은 디지털 세대답게 사용하고 싶은 요구가 있어 어려움이 있다고 했다. 2학년 담임 애나 크리스티나가 서로 교류를 하면 좋겠다고 제안해서, 2학년 선 그리기와 그림들을 서로 주고받기로 했다. 또 영어를 서로 배우니 그것도 도움 되겠다고 인스타그램을 팔로우하고 서로 연락처를 주고받았다.

노년의 삶

  오후 학교 방문을 모두 마치고, 키스텐과 숲길을 걸어서 집으로 돌아왔다. 5시 30분에 바일레 커뮤니티 센터에 갔다. 키스텐 덕분에 정말 많은 경험을 한다. 나에게 하나라도 더 영감을 주고자 하는 배려, 덴마크 일상을 보여주려는 계획에 감사할 뿐이다. 방직공장이던 곳을 시 정부가 많은 엔지오단체가 들어오고 지역 주민들이 다양한 활동을 하며 소통하도록 만든 지역 사랑방이었다. 우리나라 서울혁신파크와 같았다. 그런데 서울시는 서울혁신파크를 없애 많은 엔지오단체가 떠날 예정이다. 서로 대비되어 참 안타까웠다. 집으로 돌아와 시원한 맥주를 마시며 재미난 놀이를 했다. 학교에서 만들 수 있는 장난감이라 길이를 재고 사진도 찍었다. 수학 시간에도 활용할 수 있다. 우리는 재미나게 다섯 판 정도를 셋이서 했다. 재밌기도 하고, 저녁마다 놀이와 이야기로 서로의 친밀감을 나누는 덴마크 일상, 휘게의 삶을 날마다 경험한다.

빨래를 널고 걷어서 건조기에 넣었다. 다시 맥주를 마시고 10시 넘어서까지 이야기를 나누었다. 결혼, 서로 다른 사람이 만나 함께 살기 위해 필요한 것들, 전통과 현재의 결혼 문화, 우리의 이야기 주제는 늘 새롭고 일상에 관한 것들이다. 날마다 고마운 방문과 여행이라 고마운 인사를 날마다 하는데, 키스텐은 서로 주고받는 거고, 본인이 나랑 함께 해서 더 즐겁다 한다. 두 분의 사랑과 대화를 보며 참 아름다운 노년의 삶을 생각해보게 된다. 돌아가신 부모님이 요양병원에 계시는 동안 많이 생각하던 주제였다.

아프지 않고 살면 좋은데 우리 몸은 늘 아프다. 세포가 늙어가는 탓이기도 하지만 사랑이 부족해도 아프다. 아이들이 부쩍 자라는 만큼 부모님은 늙어 가셨고 어느 해 하늘나라로 가셨다. 나도 나이를 먹어간다. 죽음의 창조야말로 생명 진화의 역사를 가능하게 했다지만 늙고 아픈 부모님 앞날과 현재를 생각하면 늘 마음이 아팠다. 시골 노인들로 가득 찬 병원, 진통제로 한 움큼을 먹으며 사는 노인들, 노인요양기관 말고는 부모와 함께 살기 힘든 자식들의 딱한 처지가 새삼 가슴에 들어온 시절이었다. 늙어감은 축복이라고 했고, 진화의 위대한 선물이 죽음이라 했다. 노령화 사회가 되어가며 수명은 길어지는데 연금과 저축이 적은 사람들은 어떻게 노년을 채비해야 하는가가 모두의 화두인 세상이다. 나는 노년의 삶을 위해 무엇을 준비하는 게 없다. 아마 많은 사람이 그러지 않을까 싶다. 노인을 위한 사회복지제도가 빈약한 나라에서는 각자도생이다. 저마다 제2의 삶을 채비할 수 있도록 뒷받침하는 사회복지제도가 중요한 때다. 노화는 자연의 이치이듯이 현재를 있게 한 과거를 살피는 것은 앞날을 위한 절대 조건이다. 세포는 노화되어가지만 우리 인간의 뇌는 늙어갈수록 우리가 슬기와 경륜이라 부르는 소중한 자산을 만들어간다고 뇌과학은 말한다. 노인들이 공경 받고 자식들이 가슴아파하지 않고 부모를 돌볼 수 있는 사회를 위해 우리가 할 일은 무엇일까?

키스텐에게 우리 부부의 롤모델이라고 하니 웃으셨다. 좋은 분들과 보내는 시간은 어찌 빨리 지나가는지, 벌써 내일이 마지막 날이다.

선물과 축복

2023. 6. 1. 목요일. 날씨: 바람도 선선하고 하늘이 파랗다.
이제 이런 하늘과 건조한 바람은 추억 속으로 집어넣을 때다.
(덴마크 25일째)

어김없이 6시 넘으면 잠이 깬다. 학교 톡방과 여러 톡방에서 올라와있는 소식을 보며 하루를 시작한다. 키스텐 집 정원과 집 둘레 숲을 산책했다. 멍하니 아름다운 풍경을 바라보다 그리운 가족과 친구가 있는 곳으로 돌아갈 때임을 깨닫는다. 이제 행복한 사람들과 만남과 즐거운 일들이 있는 곳으로 간다. 키스텐의 정원에 앉아 느긋하게 경치를 바라보며 일기를 썼다. 시간이 많으니 명상하듯이 떠오르는 생각이 많다. 잡념이라기보다 앞날과 현재의 행복을 위해 어찌 살지 드는 생각이다. 그런 면에서 이번 덴마크 연수여행은 나에게 큰 선물이고 축복이었다. 아름다운 사람들을 만나고, 행복한 배움의 현장에서 확인하는 건 우리 맑은샘교육공동체와 대안교육연대 현장들이 참 잘하고 있고, 미래교육을 실천하고 있다는 확신이었다.

키스텐과 쇠렌의 집에서 일주일을 보냈다. 날마다 키스텐이 나를 위해 준비한 계획대로 다니며 즐겁고 행복한 추억을 쌓았다. 율란드 서쪽 바다 흑해 해변을 갔고, 레고하우스도 갔다. 바일레 커뮤니티를 방문했고, 바일레 시내 거리를 걸으며 구경을 했다. 키스텐의 제자들이 있는 공동육아유치원과 슈타이너학교도 방문해 귀한 인연을 맺고 이야기를 나눴다. 키스텐이랑 쇠렌과 함께 숲길을 걷기도 했고, 키스텐과 숲길을 따로 걸으며 집으로 돌아오기도 했다. 막걸리를 빚는 나를 위해 바일레 와인 양조장을 예약해서 와인 제조과정과 여러 브랜디와 와인을 맛보기도 했다. 나를 위해 준비한 멋진 특별한 식사가 많았다. 율란드 생선뷔페, 바일레 레스토랑의 데코레이션이 정말 아름다웠던 샌드위치, 바일레 커뮤니티 채식 뷔페가 떠오른다. 그리고 날마다 오후에는 낮잠을 즐겼고, 저녁마다 다른 디너를 즐겼다. 바베큐 파티, 피자, 내가 만든 한국잡채와 매운 라면과 한국 밥도 있었다. 그리고 날마다 저녁을 맥주와 곁들여 먹고, 스냅스를 마시며 평균 3시간 넘게 이야기를 나눴다.

나는 키스텐의 말처럼 덴마크 가정의 일상을 그대로 경험했다. 학교에서 경험과 다른 가정의 일상은 나에게

많은 울림을 주었다. 노년에 대한 생각, 여행, 현재 행복
을 위해 스스로 가꿔야 할 것들이 날마다 떠오르며 하나
씩 생각의 가닥을 잡아간다. 두 분의 배웅을 받고 탄 기
차 안에서 키스텐에게 보내는 고마운 편지를 썼다. 역
시 여행과 연수는 사람을 만나는 기쁨이 가장 크다. 아
름다운 경치도 있지만 으뜸으로 꼽는다면 덴마크의 멋
진 친구들을 만난 게 이번 연수여행의 가장 즐거운 행복
이었다. Alex Mason, Thomas Visby, Jacob and Kama,
Kirsten and Søren, Anne and Pavia, Jakob, Lene, Benz,
Birgitta and Heeju, Rasmus, 그리고 수많은 이름들...

　학교 방문 때마다 누린 여유 있는 시간과 자전거 타기
는 나에게 집중하며 내면의 평화로움과 성찰을 얻기에
충분했다. 학교 방문 때 만난 학생들과의 특별한 추억,
교사들과의 대화는 두고두고 곱씹고 새길 이야기들이었
다. 덴마크 사람들의 여유는 어디서 나온 것일까. 오랫동
안 풀뿌리 민주주의 힘으로 가꿔온 사회안전망과 교육
의 힘을 확인할 수 있었다. 언제든지 삶을 즐겁고 진지
하게 성찰할 수 있는 학교에 갈 수 있는 사회가 있어 행
복한 학교에서 행복하게 사는 아이들이 있었다.

덴마크 자유학교와
한국의 대안교육

덴마크에서 우리를 보다

덴마크 약 한 달 나 홀로 연수를 마치고 돌아왔다. 떠날 때 준비하며 진지하게 물었던 물음, 한 달 동안 지낸 덴마크자유학교들, 그곳에서 만난 학생들과 교사들, 소중한 친구들, 북유럽의 도시와 시골 풍경이 뒤엉켜 떠오른다. 덴마크에서 보낸 하루하루 일정을 그대로 적으며 보고 들은 것들을 정리하려고 때마다 쪽지와 일기를 쓰곤 했는데 막상 글로 정리하자니 벌써 흐릿함이 기억을 더듬게 한다. 우리 아이들과 늘 실천하는 것처럼 글은 그때 감흥을 바로 쓰는 것이 가장 생생함을 깨닫는다.

덴마크 교육을 보고 싶은 분들에게 한국의 대안교육 현장을 가시면 된다고 늘 말해왔다. 덴마크 사회와 교육제도가 부럽지만 우리에게는 우리의 실천과 뛰어난 교육 경험이 있다. 99프로가 다니는 제도권 학교의 입시와 성생중심 수업 현실에 지친 제도권학교 교사들이 찾으려는 교육의 미래는 한국의 대안교육 현장에 있다. 덴마크의 역사와 교육 속에 만들어진 지금의 덴마크는 신뢰가 살아있는 복지국가다. 한국의 정치가 풀어야 할 몫이다. 정치는 곧 시민들이 만들어가는 것이니 그 몫은 국민들에게 있다. 우리는 사회의 불평등과 부조리, 교육의 불편한 진실들을 알면서도 바꾸지 못하고 있다. 그렇다고 절망 속에서 포기할 수는 없다. 우리의 아이들이 살고, 배우는 교육 현장을 행복한 배움터로 만드는 것이 시작 아니겠는가. 내가 속한 학교를 행복하고 민주스러운 배움터로, 우리가 사는 마을과 도시를 민주주의가 살아있도록 하는 실천이 있어야 정치가 바뀌고 사회와 교육이 바뀐다. 그래서 덴마크 교육에 관심을 갖는 분들이라면 한국 교육에서 구현되는 놀라운 대안교육 현장의 실천에 주목해야 한다.

저 먼 북유럽 덴마크에서 무엇을 보고 들었는지, 그룬트비와 콜의 정신이 살아있는 교육제도와 사회복지가 뛰어난 나라에 사는 사람들이 준 영감과 자극은 무엇인지, 또 다른 사회와 제도를 보며 우리 현실에 비추어 새롭게 꿈을 꾸고 함께 가꿀 삶은 무엇일지 아직도 설렘의 여진이 남아있다. 여행은 언제나 그렇듯이 현실을 더 행

복하게 살려는 설렘과 열정을 가득 안겨다 준다. 무엇보
다 그곳에서 만난 사람들이 있어 삶의 아름다운 추억을
가슴에 담았다. 끝내 덴마크에서 우리를 보았다.

우정과 환대

먼 아시아에서 덴마크자유학교를 배우러 온 사람에게 덴마크자유학교 사람들은 참 따뜻했다. 방문하는 학교마다 따뜻한 선생님들과 학생들이 있었다. 라이스비 에프터스콜레, 플루뵈썬뎃 에프터스콜레, 베스터스케닝게 프리스콜레, 세 학교에서 일주일씩 살고, 덴마크 친구들 덕분에 바일레 발도르프 프리스콜레, 리버후스 프리스콜레, 아릴다 프리스콜레를 방문할 수 있었다. 주말에는 2015년 방문 때 인연으로 삼쇠섬에서 평화로운 쉼을 누렸고, 브렌드롭 폴케호이스콜레 배려로 제자 희주와 긴 이야기를 나눌 수 있었다. 베스터스케닝게 프리스콜레에서는 토마스 교장 집에서 보내고, 학교 방문을 마치고는 바일레의 키스텐과 쇠렌의 아름다운 집에서 살며 덴마크 가정의 일상을 함께 했다. 내 인생에 다시없을 정말 놀라운 추억과 따듯함이 가득한 선물 같은 시간이었다. 친구들의 따듯한 환대와 우정 덕분에 자유학교의 정신과 행복한 사회를 들여다보는 방문객의 낯설음과 피로를 잊고 설렘과 자극을 가슴속에 새길 수 있었다.

또한 세 번의 덴마크 방문 때 만난 많은 교육 현장들은 한국 교육 현실과 사회를 살아가는 우리에게 자유와 평등, 행복의 가치를 지키기 위해 무엇을 해야 할지 깊은 성찰의 과제와 영감을 안겨주었다. 특별하게는 방문하고 머물렀던 세 학교에서의 일상, 키스텐과 쇠렌과 함께 보낸 시간, 토마스 가족들과 쌓은 추억, 삼쇠섬에 사는 제이콥과 카마와의 만남, 제자 희주와의 만남은 잊을 수 없는 추억이자 귀한 인연이다. 덴마크에서 만난 귀한 인연들이 가르쳐주고 보여준 친절과 환대를 베풀 수 있는 사람이 되도록 그렇게 살아야 할 텐데.

덴마크 그룬트비와 콜은
우리에게 살아있다.

위대한 평민 교육을 실천해온 풀무학교뿐만 아니라 우리나라 대안교육 현장은 그룬트비가 말한 '깨어있는 농민'과 '민주 시민 의식', '삶의 계몽'을 우리의 현실에 맞게 실천하고 있음을 덴마크자유학교들의 교육 활동과 실천을 보며 확신할 수 있었다. 160년 전 그룬트비와 콜, 농민들이 실천한 교육의 힘이 지금의 덴마크 사회를 만들었지만, 우리 대안교육의 대중화 역사는 이제 25-30년 일 뿐이다. 우리에게는 19세기 동학혁명의 좌절, 해방 이후 청산하지 못한 친일 잔재, 군사독재의 아픔이 있었지만 서당과 야학에 흐르는 민중들의 배움과 실천, 민주 항쟁과 같은 위대한 역사들이 있음을 또한 잊지 않는다. 자본과 국가가 요구하는 교육 체제 안에서 언제나 희망

을 만들고 모두가 행복한 사회를 꿈꾸는 수많은 공동체
와 민주시민들의 도도한 흐름을 막을 수는 없을 것이다.
우리 안에 그룬트비가 있고, 수많은 대안교육 현장의 실
천에서 그룬트비와 콜을 본다. 확신을 지니고 꿈을 꾸며
수많은 마을교육공동체를 가꾸고, 지역사회 풀뿌리 민
주주의를 실현하는 길에 우정과 환대가 자리 잡을 것이
라 믿는다.

에프터스콜레와 폴케호이스콜레로
한국 교육을 상상하자

　좌충우돌 청소년과 청년의 시기 기숙 공동체에서 자신의 삶을 성찰할 수 있는 안식년 같은 기회가 두 번이나 있는 덴마크 교육제도는 아무리 봐도 매력 있다. 더욱이 입시와 경쟁, 학벌로 대표되는 우리 사회와 우리 교육에서 에프터스콜레와 폴케호이스콜레는 교육 혁신에 도움 되는 새로운 학제를 상상하게 한다. 공교육을 혁신하기 위한 학교 민주주의와 마을교육공동체, 교육의 다양성과 자율성 보장이라는 과제와 함께 6-3-3-4제로 대표되는 학제를 벗어나 새롭게 짜는 데 더없이 좋은 보기가 있음을 에프터스콜레와 폴케회어스콜레 학생들은 보여주었다.

　부모 곁을 떠나 공동체를 이루는 기숙학교에서 많은

친구들과 관계를 맺고 사회성을 기르며, 공동체 속에서 자기 앞가림을 익히는 모습은 교육의 본뜻을 충분히 살려주고 있었다. 학업으로 대표되는 학교 일상을 벗어나 일 년간 또는 반 년간 자기 결과 기운대로 자신을 드러내고, 색다른 경험과 공동체 생활을 겪으며 진지하게 삶을 고민하며 길을 찾아가는 기숙학교는 학생들에게 쉼과 여유를 충분히 보장하며 앞날을 열 수 있게 해주는 살아있는 교육 현장이자 진로 탐색의 순간이었다.

커져만 가는 빈부격차와 비정규직과 실업의 공포에서 살아남기 위해 대학과 성적에 모든 것을 목매는 우리 사회에서 실현 가능성이 있겠느냐는 회의도 있겠지만 언제나 틈은 작은 법이다. 작은 틈이 댐을 부수는 것을 우리는 잘 알고 있다. 기왕에 자유학기제와 자유학년제, 고교학점제라는 제도가 있으니 이왕이면 자유학년제 뜻을 바로 살린 전환학년제나 덴마크 에프터스콜레와 폴케호이스콜레 학제를 사회와 교육의 화두로 던질 필요가 있다. 이미 서울의 오딧세이학교와 충북의 전환기학교 같은 1년제 청소년 인생학교가 공교육에서 실천되고 있는 때, 이미 체제 안에 있는 위탁학교를 에프터스콜레 뜻과 정신을 살린 학교로 바꿀 것을 제안하는 것도 유효하다.

더욱이 한국에는 덴마크 에프터스콜레와 같은 정신으로 행복한 학교와 공동체를 만들어가는 수많은 대안교육 현장이 있고, 공교육의 혁신학교와 마을 학교가 대안교육 현장의 교육 실천과 맥락을 같이 하고 있는 것처럼, 대안교육 현장의 교육 실천의 성과를 한국 공교육의 힘으로 받아 안을 필요가 있다. 제도권 교육에서 적응하지 못한 아이들만을 위한 특별한 학교는 오히려 아이들을 낙인찍는 것일 뿐임을 그동안 많이도 봐왔기에, 학제를 바꾸는 혁신으로 새로운 돌파구를 열어야 한다. 더 척박한 환경에서도 대안교육은 성장했듯이 에프터스콜레와 폴케호이스콜레 정신과 학제를 공론화시키고 진보 교육감들과 시민들이 먼저 실천하면 씨앗은 뿌려질 수 있다. 후쿠시마 이후, 세월호 이후 진정 아이들의 행복과 인류의 생존을 위한 교육이 절실한 지금 더 이상 미룰 수 없다.

폴케오프뤼스닝,
우리는 무엇을 할 것인가.

교육의 힘은 앎과 행함의 통일이다. 덴마크 학생들이 학교에서 배운 것이 사회에서 통하고, 평등이 직업과 세제 곳곳에서 실현되고 있음을 우리는 잘 알고 있다. 사회를 변혁하는 교육의 힘은 학교와 학교를 중심으로 형성된 공동체와 지역 사회에서 민주주의를 실현하고 실천하는 것이 바탕이다. 이를 위해 어릴 적부터 민주주의를 가르치고, 자유와 평등을 누리는 삶이 보장되는 행복한 학교와 공동체를 수많은 곳에서 만들어야 한다. 많은 비인가 대안학교와 대안교육기관, 대안교육 현장에서는 폴케오프뤼스닝(민중의 사회적 자각)을 실천하고 있고, 대안 사회를 위한 대안교육운동을 벌이고 있다. 그러나 우리는 역시 운동의 위기, 대안학교의 위기를 말하고 있다.

신자유주의로 대표되는 경제와 정치 체제 아래서 어려워져민 가는 가계 살림, 생존의 살림길에서 경쟁체제에 살아남기 위해 혼자서 악전고투하는 시민들의 삶, 거대 자본의 탐욕들이 운동성을 약화시키고 끊임없이 공동체를 파괴하고 더불어 사는 삶을 가로막는 현실은 고스란히 아이들의 삶과 교육 현장에 투영되고 있다.

더욱이 급격한 학령인구 감소 여파가 한국 사회 전체와 교육 현장을 심각한 위기로 몰아넣고 있다. 이럴 때일수록 우리 사회에서 교육의 본뜻을 살리며 행복한 공동체를 만들어가는 서로를 격려하고 세울 필요가 있다. 한국에는 부족하지만 생존을 위해 최선을 다하며 교육 현장을 세우고 행복한 민주교육공동체를 가꿔온 민간의 교육운동이 있다. 우리는 우리의 놀라운 경험과 성과를 자부심으로 쌓을 필요가 있다. 그리고 그동안 우리가 보지 못한 틈을 본다. 학교 안팎, 사회 구조와 세상을 다시 본다. 고장을 민주주의가 살아있는 곳으로 만들기 위해 연대에 필요한 일상의 실천과 신뢰를 생각한다. 학교를 넘어 마을을 지향해왔지만 역부족으로 우리만의 마을에 그쳤다면 다시 꿈을 꾸고 열정을 살릴 때다. 지치지 않고 행복하고 즐겁게 다시 시작할 때가 지금이다. 힘든 때가 있었다지만 현재를 살아가고 있는 지금이 가장 힘든 법이다.

다시 교육이다.

우리 대안교육 현장에서처럼 덴마크자유학교 사람들은 한결같이 학교는 학생들을 위해 있고, 선생은 학생들과 동등한 존재임을 말했다. 그렇다. 우리가 꿈꾸는 교육은 몸과 머리와 손의 조화로운 발달이요, 몸과 마음이 건강한 사람으로 키워가는 것이다. 학교는 아이들이 가고 싶고, 행복한 곳이어야 한다. 일과 놀이로, 자연 속에서 감성과 버릇을 기르며 삶을 가꾸는 아이들의 삶은 행복하다. 나는 세 번의 덴마크 방문을 통해 프리스콜레, 에프터스콜레, 폴케호이스콜레 모든 곳에서 행복한 아이들을 만날 수 있었다.

다른 어떤 것 보다 학교를 가고 싶은 곳으로 만들기 위해 우리나라 어른들은 어떤 노력을 하고 있고, 학교 교사들과 교육청은 무엇을 하고 있는지 다시 묻는다. 창의력과 상상력이 풍부한 아이들은 짜여진 시간과 닫힌 교실에서 나올 수 없음을 우리는 잘 알고 있다. 세상이 아이들의 교실이 되도록, 지역과 고장이 아이들의 또 다른 배움터가 되도록 입시와 경쟁 위주 교육을 과감히 버려야 한다. 덴마크 공교육에서는 퇴학이 없다. 어떻게든 학교 안에서 문제를 해결하고 교육 주체들이 노력한다. 문제를 일으켰다고 이 학교 저 학교로 낙인을 찍으며 전학을 보내고 서로 받지 않으려는 우리 교육 현실과 참으로 비교되는 모습이었다. 우리가 선진국이라 부르는 덴마크와 북유럽 나라들은 협력과 협동을 중요한 교육 원리로 삼고, 성적과 시험만으로 아이들을 평가하지 않는 다는 걸 잘 알고 있으면서 우리는 왜 그렇게 하지 않는 것일까.

또한 아이들과 부모들에게 꿈을 주는 교육 정책을 찾기 어렵고, 보편 복지에서 제도권 밖에 있는 아동과 청소년 인권은 물론이고 제도권 교육 안에 있는 아동과 청소년 인권을 생각하는 교육 현실인가 하면 아니지 않는가. 심지어 일부 도시에서는 청소년인권 조례를 폐지하는 사태가 일어나고 있다. 한국글쓰기교육연구회 이오덕 선생의 말씀 가운데 아이들을 살려야 한다는 외침은 여전히 유효하다. 이오덕 선생은 "지금 아이들은 충분히 잠잘 권리, 뛰놀 권리, 사람답게 자라나는 공부를 할 권리—이런 기본 인권을 모조리 빼앗기고 있다"고 말씀하셨다. 아이들을 살리는 교육, 사람을 살리는 교육이 절실하다.

이 시대를 살아가는 어른들의 모습은 어떤가. 우리 아이들보다는 내 아이 교육에 더 관심이 많은 건 아닌가. 모두 학벌사회, 이긴 사람이 모든 것을 갖는 사회, 자본 소비 사회가 쏟아내는 문제에 괴로워하고 힘들어하면서도 우리 시대가 쏟아내는 교육 문제를 근본으로 해결하지 못하고 있다. 도대체 무엇이 문제일까.

그럼에도 아이들을 살리려는 마음 하나로 우리의 교육 현실 속에서 꽃을 피워내는 수많은 사람들이 있기에 희망을 본다. 많은 대안교육 현장, 혁신학교 운동과 공립 대안학교 설립, 청소년인생학교들도 그 보기일 것이다. 인류의 생존을 걱정하는 시대에 살고 있는 지금 아이들을 살려야 한다는 말이 더 절절한 나날이다. 제도의 개혁부터 의식의 혁명, 운동 모두 필요한 때다.

기후위기 시대에 어울리는
중등학교에 대한 상상

　개인으로 맑은샘 중등학교를 꿈꾼 적이 있다. 2015년 덴마크 교육기행 중에 많은 대안중등학교 현장에 계신 선생님들로부터 도움말을 많이 듣기도 했다. 지금은 학령인구 감소 여파가 더 심각하다. 또한 대안교육운동 영향으로 공교육 안에 대안교육특성화학교와 대안학교(각종학교)를 합치면 약 100여개 학교가 있다. 학생은 없고, 대안교육을 표방하는 학교는 늘어난 상황에서 신입생 감소로 재정위기를 겪는 대안교육기관은 늘어가는 상황이다. 대안 중등학교들이 신입생 모집에 어려움을 피부로 느끼고 있고, 이미 과거보다 많은 대안 중등학교가 있는 현실에서 새롭게 중등학교를 상상하는 것이 필요한 것인가, 많은 어려움을 이겨낼 만큼 열정이 있는

가, 대안교육 역량의 분산과 낭비 아닌가, 이미 있는 대
안 중등학교를 연결하고 공립과 함께 연계하는 것이 맞
지 않는가라는 지적은 지금도 비슷하다. 그러나 질문하
고 상상하지 않으면 현실에 안주하고 만다. 우리들의 질
문은 고스란히 우리를 더 깊이 성찰하고 우리 주체 역량
에 대한 냉정한 판단, 전체 대안교육현장의 현재와 앞날
에 대한 고려를 다시금 살피도록 돕는다. 어려울 때일수
록 더 많은 교육적 상상력이 필요하다. 더 많은 공립 대
안학교 설립을 돕고, 인가 비인가든 등록 미등록이든 학
생들이 행복한 교육 현장에 대한 도전은 줄곧 되어야 한
다. 한국 공교육이 입시와 경쟁 위주에서 벗어날 때까지
는 여전히 대안교육은 교육의 시대정신이다.

덴마크 프리스콜레와 에프터스콜레, 폴케호이스콜레
현장들을 더 깊게 겪어보며, 나에게는 9학년 체제인 프리
스콜레, 고등과정에 들어가기 전에 쉼표 에프터스콜레,
대학 가기 앞서 쉼표 폴케호이스콜레가 볼수록 매력 있
는 학제였다. 예전에 간 일본 키노쿠니 어린이 학교와 중
등학교 모습도 같이 떠올랐다. 아무래도 학생들에게 안식
년 같은 쉼표학교, 인생학교 같은 중등학제에 대한 꿈을
포기하지 않고 있으니 더 그랬다. 중등 과정을 5년제, 6년
제로만 생각하는 과거의 틀을 부순 것도 스스로에게 큰
성과다. 초중등 9년제의 매력, 제도권 교육에 계시는 교사

와 학부모들과 대안교육이 힘을 합쳐 지역사회에 에프터스콜레 학교를 세우면 어떨까 라는 생각, 주말학교와 계절학교, 사라져가는 시골 지역 학교와 도시 속 작은 대안학교를 연결하고 교류하는 도농교류 교육 현장 꿈꾸기, 이를 위해서 필요한 구체 재정 계획과 함께 씨앗을 뿌릴 사람들, 공간까지 꼬리에 꼬리를 무는 상상이 이어졌다.

무엇보다 기후위기 시대 미래교육의 핵심인 생태 전환교육, 20년 넘는 한국 대안교육 현장의 프로젝트교육과 일놀이 교육 과정, 현장체험학습과 글쓰기 교육, 진로 탐색과 통합교육과정들을 연결시켜 보았다. 일놀이와 여행, 글쓰기와 책읽기 교육, 자연 속 현장체험학습, 기숙학교의 공동체성, 마을교육공동체, 작은 학교와 교육공동체의 장점을 살리며 도시와 시골을 넘나드는 교육공동체를 꿈꾸는 도시 속 작은 중등학교의 매력은 여전하다.

학령인구 감소와 기후위기 시대, 디지털 시대에 교육의 본질을 실현하는 중등학교에 대한 상상과 열망을 키워가며 앞서서 실천해온 대안교육 현장의 교육 역량을 한국 공교육 혁신의 자양분으로 삼고, 함께 공부하고 연계하고 꿈꾸는 것은 멈출 수 없음을 덴마크 교육 기행은 가르쳐주었다. "덴마크에서 받은 자극과 영감이 너와 한국의 교육을 풍요롭게 하는 데 쓰이면 좋겠다."는 야콥의 말이 다시 떠오른다. 다시 간절함을 키울 때다.

어느 곳에서나 살아있는 말과 노래는 교육의 바탕이다.

덴마크자유학교 모든 현장에서 늘 볼 수 있던 모습, 늘 들었던 이야기가 교육에서 살아있는 말, 노래, 대화의 힘이다. 그룬트비와 콜이 말한 농민의 언어는 민중의 말이고 민족혼을 깨우는 강력한 교육 정신이자 교육 실천이다. 말과 글은 어느 사회나 그 시대와 민족의 정체성과 권력을 볼 수 있는 것임을 우리는 잘 알고 있다. 학생과 교사가 늘 애정 어린 대화와 살아있는 입말로 서로를 북돋우며, 함께 노래를 부르며 호흡하는 교육 현장은 우리 대안학교 현장과 맑은샘학교에서도 일상이다. 자기 나라말을 사랑하고 살려 쓰는 것은 보편의 가치이자 세계 시민으로 살아가는데 하나도 어려움이 없는 일이다. 이는 국수주의가 아닌 언어에 대한 사랑과 정체성, 누구나 알 수 있는 쉽고 살아있는 입말의 힘과 우리말 글 교육의 정신이다. 우리 교육 현장에서 우리말을 바로 쓰고 살려 쓰는 노력은 공감과 소통을 위해 꼭 필요한 일이다. 줄임말과 거친말, 외국말은 세대와 계층간 소통을 가로막을 수 있다. 말과 글을 정교하게 쓰는 것은 모든 사고의 바탕이고 모든 교과의 바탕이다. 덴마크 그룬트비와 콜에게서 한국글쓰기교육연구회와 이오덕 선생님을 본다.

삶을 위한 교사대학

정말 삶을 위한 교사대학이 아니었다면 덴마크 한 달 연수와 그동안의 교육 기행이 없었을 것임을 잘 알고 있다. 대안학교 교사양성기관으로 덴마크에 자유교원대학(Den fri Lærerskole)이 있다면, 한국에는 삶을 위한 교사대학이 있다. 삶을 위한 교사대학은 대안교육연대의 수많은 별들과 한국 교육을 생각하는 분들이 세운 한국 대안교육기관 교사 양성 기관이다. 아직은 단기형 교사 양성과정과 시기마다 교사 교육과 연수, 컨설팅, 해외 연수 프로그램을 구성하고 있기에 5년제 교원대학인 덴마크 자유교원대학과는 견줄 수는 없다. 그러나 한국에서는 대안교육 교사 양성과정을 지닌 유일한 기관이다. 대안교육 현장을 바탕으로 하는 대안교육 연구자를 배출

하는 건신대학원대학교 대안교육학과와는 또 다르지만 2023년에 누 기관 모두 10주년을 같이 맞아 공동 포럼을 조직하고, 공동 해외 연수를 기획하기도 했다,

어느 곳이나 수많은 별들과 함께 뜨거운 열정과 책임감으로 둘레를 밝히는 분들이 있다. 삶을 위한 교사대학에도 있다. 삶을 위한 교사대학 초대 이사장이셨던 송순재 선생님, 2대 이사장이셨던 안성균 선생님, 상임이사이신 유은영 선생님이 그렇다. 이분들이 있어 삶을 위한 교사대학이 10년 동안 꾸준히 성장했고, 덴마크와 교류를 이어갔다. 덴마크 프리스콜레협회, 에프터스콜레협회, 폴케호이스콜레협회, 자유교원대학 Den frie Lærerskole과 교류 협약을 맺은 곳은 한국에서는 삶을 위한 교사대학 뿐이다.

2015년 첫 덴마크 교육문화예술기행의 감동이 있어, 2018년에도 다시 덴마크를 갔고, 2023년 덴마크 한 달 연수를 상상할 수 있었다. 두 번의 삶을 위한 교사대학 해외 교육문화예술기행을 함께 떠난 벗들은 서로에게 스승이 되어 아름다운 여행을 완성시켰다. 무슨 말이 필요할까. 정말 고맙기만 하다. 삶에서 존경하는 분들과 긴 여행을 가고 함께 꿈을 꾸고 의지할 수 있어 기쁘고 고마웠다. 나는 삶을 위한 교사대학 이사이고, 한국 대안교육을 대표하는 대안교육연대 대표를 맡고 있다. 2023년

은 삶을 위한 교사대학이 10주년을 맞아 다양한 기념행사를 했다. 10주년 맞이 잔치에서 대안교육연대 대표로 쓴 축사가 그대로 삶을 위한 교사대학에 대한 존경과 찬사였다.

삶을 위한 교사대학 10주년을 축하합니다.

전정일

(대안교육연대 대표, 삶을 위한 교사대학 이사, 맑은샘학교 교장)

반갑습니다. 대안교육연대 대표이자 삶을 위한 교사대학 이사, 맑은샘학교 교장 전정일입니다. 지난해와 올해 20주년, 10주년을 맞이하는 대안교육현장과 단체가 많습니다만 대안교육연대의 든든한 한 축인 교사양성기관 〈삶을 위한 교사대학〉이 10주년은 참 특별합니다.

교사대학은 삶을 위한 교사대학 협동조합입니다. 삶을 위한 교육을 펼치는 교사들이 삶을 위한 연수와 교육을 받아 다시 교육 현장에서 삶을 위한 교육으로 행복한 교육공동체를 가꾸도록 도와온 교사대학의 실천은 정말 자랑스러웠습니다. 우리가 말하는 삶은 자본과 소비, 경쟁과 학벌, 불공정과 불평등, 굴종의 삶이 아니라 자연의 이치처럼 다양성과 공존, 사랑과 평화, 자유와 생명, 민주주의가 중심인 삶일 것입니다. 저마다 삶의 방식이 다양하지만 사람들을 행복하게 하고, 기후위기와 인류생존을 걱정하는 시대 생태전환이 중심인 삶, 저마다와 함께가 공존하는 삶, 아름다운 사람들과 우정과 환대를 나누며 공동체를 가꾸어가는 삶을 가꾸도록 교사들을 돕는 교사대학의 가치가 더없이 소중한 때입니다.

이런 삶을 위한 교육을 꿈꾸고 도전하고 실천하는 교사들을 위해 설립된 교사대학의 10년은 정말 눈부셨습니다. 생활기술워크숍 12회, 대안교육 교사/활동가 양성과정 1기-9기, 대안교육실천대회, 대안교육과 교육청 교사연수, 6차 해외문화예술기행, 덴마크 자유교육을 대표하는 협회와 교류, 다양한 국제교육포럼, 여러 교육연구 용역과 컨설팅, 도서 발간, 정말 셀 수 없이 많은 영역과 주제로 대안교육의 내용을 채워왔습니다. 작은 조직이 이렇게 한국 교육에 큰 영향을 준 적이 있을까 싶을 정도입니다. 해외와 국내를 넘나들고, 수많은 교육기관과 교육자들과의 네트워크를 만들어내며 한국의 대안교육과 공교육을 풍부하게 하고, 한국의 대안교육 교사 양성 기관으로 굳건하게 자리잡아가고 있습니다.

교사대학은 제 삶에도 큰 영향을 주었습니다. 삶을 위한

교사대학이 개최해온 생활기술연수 덕분에 학교 교육
과정을 살찌웠고, 해외교육문화예술기행으로 우리가 가
는 길을 확신할 수 있었습니다. 올해 5월에는 삶을 위한
교사대학과 교류협약을 맺은 덴마크 에프터스콜레협회
와 프리스콜레협회, 그동안 인연을 맺은 덴마크 친구들
의 도움으로 덴마크 학교에서 약 한 달 동안 행복한 배
움의 시간을 보내고 오기도 했습니다.

정말 10년이란 세월동안 앞장서서 삶을 위한 교육의 길
을 만들고, 새로운 교육 흐름을 만들어온 〈삶을 위한 교
사대학〉은 대안교육연대의 큰 보물입니다. 실로 어마어
마한 보폭으로 수많은 영역에서 해외와 국내, 온오프를
넘나들며 삶을 위한 교육을 돕는 교사대학을 위해 헌신
해 오신 송순재 초대이사장님과 안성균 2대 이사장님,
그리고 유은영 상임이사님이 떠오릅니다. 삶을 위한 교
사대학 이사회와 조합원들에게도 깊이 감사드립니다.
덕분에 대안교육연대 식구들은 참 행복했습니다.
대안교육연대는 한국 대안교육을 대표하는 연대체 조
직으로, 서로를 살리고 세상을 살리자는 꿈이 있습니다.
대안교육연대는 입시와 경쟁 위주 교육에서 벗어나 학
생들이 행복한 교육 현장을 민주스러운 교육공동체와
함께 가꿔온 대안교육현장이 참여한 최초 조직입니다.

대안교육연대는 늘 삶을 위한 교사대학과 함께 미래교육, 한국대안교육과 공교육의 앞날을 열어가겠습니다. 고맙습니다.

덴마크자유학교협회들과
대안교육연대

덴마크에는 덴마크 자유교육을 대표하는 프리스콜레협회, 에프터스콜레협회, 폴케호이스콜레협회가 있다. 연대체 조직으로 우리나라 대안교육연대와 같은 노릇을 한다. 정부 교육 정책에 영향을 미치고, 교사들의 권리와 급여도 협회에서 큰 몫을 해내고 있는 점에서 우리와 견줄 바는 아니다. 한국 공교육 처지에서 생각하면 교원노조와 교총 노릇과 비슷하나 대안교육 계열로는 55개 교육 현장이 단체 회원인 한국의 대안교육연대와 가치가 같다.

대안교육기관 55개 현장이 모인 대안교육연대는 교육 운동을 하는 비영리민간단체다. 대안교육연대는 한국 대안교육을 대표하는 연대체 조직으로, 서로를 살리고 세상을 살리자는 야무진 꿈이 있다. 2002년 설립된 대안교육연대는 입시와 경쟁 위주 교육에서 벗어나 학생들이 행복한 교육 현장을 민주스러운 교육공동체와 함께 가꿔온 대안교육현장이 참여한 최초 조직이다. 지금은 한국기독교대안교육기관연합회랑 함께 한국을 대표하는 대안교육 연대체 조직이다.

교육부는 정의로운 공교육 강화 정책을 펼친다지만 교육복지의 사각지대에 있는 초중등교육법 밖 아동청소년에 대한 지원 정책은 여전히 부족하다. 2020년 12월 9일에서야 초중등교육법 밖에 특별법으로 〈대안교육기관에 관한 법률〉이 제정되었다. 2022년 대안교육기관 등록 시행령에 따라 2024년 6월 기준 256개 대안교육기관이 지역교육청에 등록했다. 물론 등록을 신청하지 않은 대안교육기관이 아직 더 많다. 우리나라에는 법률상 초중등교육법상 학교가 있고, 대안교육기관법상 대안교육기관학교가 있다. 따라서 등록대안교육기관, 미(비)등록대안교육기관이란 말이 새로 생겼다.

다양한 교육생태계가 법률로 보장되고, 미래교육을 말하는 때 교육은 무엇보다 현재 행복해야 한다. 학생들이 행복하고, 교사가 행복하고, 학부모가 행복해야 미래교육을 말할 수 있다. 그래서 대안교육이 미래교육이고 교육의 본뜻을 살리고 있다. 덴마크 자유교육의 가치는 한국의 대안교육연대 소속 현장의 교육 가치와 같다.

그런데 한국의 대안교육 현장마다 고민이 많다. 학령인구 감소는 한국 사회의 객관 현실이기도 하지만 많은 대안학교에서 신입생 지원자가 줄고 있고, 신입교사의 이직률이 증가하는 형편이고, 학부모들의 교육활동에 대한 요구가 새롭다. 학령인구의 감소와 초중등교육법상 대안학교와 대안교실, 대안교육 초기와 다른 새로운 교육지형과 교육주체들의 변화, 학교마다 교사 구성의 변화들은 대안학교 신입생 수 감소와 맞물려 생존의 위기로 다시 현재 위치를 돌아보게 하고 있는 셈이다. 10년 전부터 우리는 대안교육현장의 위기를 말해왔지만 우리에게는 교사들과 부모들의 놀라운 헌신성에 기초한 민주교육, 삶의 교육이 실현되고 있는 교육 현장이 거의 다다. 일찍부터 마을교육공동체를 가꿔왔으며 학교와 지역에서 민주주의를 가꿔가고 있다. 교육정신이 살아있는 교육과정을 지닌 교육공동체학교는 행복하다.

대안교육연대는 중점 사업으로 대안교육법제화와 조례운동, 대안교육연대 정체성 및 역량 강화, 대안교육연대 조직간 협력 강화, 시민운동단체 연대와 대내외 홍보를 꼽고 있다. 그러나 대안교육연대 살림살이는 늘 쉽지 않다. 단체와 개인회원이 낸 회비로 운영되지만 학교 사정이 어려워지면 예상보나 수입이 줄어든다. 더욱이 연대 상근자는 두 사람인데 할 일은 많고 재정은 충분하지 않고, 학교 현장에서 하기에는 어려운 교육부와 교육청을 상대하는 일은 줄곧 되어야 하는데 연구 인력과 실행력은 늘 아쉽기만 한 형편이다. 다행히 지역마다 대안교육협의회가 창립되고 새로운 열정이 지역조직으로 발현되고, 이십 년 넘는 대안교육의 현장 경험이 쌓여있고, 서울형 대안교육기관 지원으로 부러움을 샀던 서울시 대안교육현장처럼 모진 풍파를 겪었지만 조례에 근거해 자치단체와 교육청 협치로 재정지원이 이전과는 변화된 양상으로 시작된 곳이 나타나고 있다. 학교마다 지역 협의체에 부모님들이 적극 참여하고 있고, 자치단체의 여러 마을사업을 벌여내고 있다.

언제는 쉬운 때가 있었느냐 묻지만 지금이 가장 힘든 법이다. 대안교육 안팎 상황은 늘 새로운 도전이다. 지역에서, 현장에서 대안교육이 확산되고, 대안교육 지원이 보편이 되고, 교육 주체들이 행복한 마을교육공동체를 가꾸는 것이 바로 대안교육연대를 살찌우는 길이라 믿는다. 현장마다 저마다 할 일을 찾아 대안교육기관학교에 다녀도 공교육으로 보장되고 교육기본권이 실현되는 날을 위해 얼마나 많은 애를 써왔는지 잘 알고 있다. 대안교육 현장의 생존과 대안교육의 앞날은 한 몸이다. 어려울 때일수록 손을 잡고 연대해야 한다. 덴마크 자유교육의 160년 경험이 증명하고 있는 바다. 우리는 교육운동을 하는 사람들이다. 민간의 힘으로 교육기관을 세우고 20년 넘게 행복한 교육 현장을 일궈온 대안교육연대 소속 현장은 수많은 사람들이 말하는 미래교육 현장이다. 국가가 하지 못한 다양한 교육생태계를 가꿔온 대안교육 역량은 우리나라의 귀한 교육 자산이자 소중한 교육 성과이다. 우리는 언제든 학생들이 행복한 교육이 실현된다면 20년 넘는 교육 실천의 경험과 공공자산을 교육을 위해 모두 내놓을 수 있는, 교육의 시대적 소명으로 교육의 공공성을 실천하려는 사람들이다.

세상은 이미 전환의 시대로 들어섰고, 우리 교육 또한 전환의 기로에 서 있다. 제도권교육은 미래교육을 담론으로 2022개정교육과정과 고교학점제, 혁신교육과 그린스마트미래학교, 국가교육회의 설치, 마을교육공동체 정책으로 공교육의 변화를 꾀하고 있다. 물론 새 정부와 새 교육감이 들어선 뒤 또 바뀐 것들이 있지만 역시 입시위주 경쟁교육에서 벗어날 과감한 교육정책은 부족해 보이고 오히려 공론을 모아가 결정하기보다 교육의 공공성과 정의로움을 후퇴시키고 교육을 자본시장에 내어놓을 위험이 있는 교육정책이 보인다.

2023년 2월 4일 대안교육연대 총회에서 대표로 선출된 날을 기억한다. 참여자 100% 찬성투표를 보며 참 여러 날 고민 끝에 수락을 했던 때가 떠올랐다. 학교 안팎에서 들려주신 의견들이 있어서 많이 고심했다. 힘들지 않은 때 없고, 학교 사정이 늘 어려운 작은 학교 처지이니 완곡하게 거절했으면 좋겠다는 의견도 있고, 제 건강을 염려해서 일을 줄이라는 의견도 있고, 대안교육연대 소속 현장으로 누군가는 해야 되는 처지임이 또 생각되어 맡는 것도 뜻이 있다는 의견도 있었다. 어느 분이 그랬다. 새로운 일을 자꾸 만들어내니 일이 줄지 않는다고. 맞다. 새로운 일을 만들어내고 새로운 노릇으로 교육과 학교를 살찌우려는 길은 늘 도전과 과제이다. 대안교육계에서는 새로운 도전과 열정이 없으면 위기에 봉착하는 게 둘레 현실이다. 나는 그동안 모두가 함께 애써온 결과로 맑은샘교육공동체가 현재를 유지하고 있다고 생각한다. 모든 것은 함께 하는 교육운동이고 교육공동체살이 재미가 있어서 늘 신나게 힘을 내서 서로를 응원할 뿐이다.

사실 대안교육연대 대표직은 과거에도 학교 사정과 개인 처지를 고려해 줄곧 완곡하게 거절을 해온 처지라

난감하기도 했고, 스스로 할 수 있을지 걱정도 되어서 많이 망설였다. 한편으로는 연대를 위해 먼저 마음을 내준 분들에게 늘 고맙고 미안한 마음이 많이 떠올랐다. 다들 형편과 처지가 어려운 것은 마찬가지인 상황에서 누군가는 해야 하는 일이니 그렇다. 그동안 대표직을 맡지는 않았지만 운영위원회, 교육과정위원회, 정책위원회에서 돕는 걸로 미안함을 대신해온 까닭이다. 덴마크 바일레에 함께 지냈던 Kirsten은 협회에서 일하는 사람들의 수고로움 덕분에 교육 현장의 어려움을 헤쳐갈 수 있다며, 누군가는 해야 하는 일에 나서는 나를 칭찬했었다.

2022년은 대안교육연대 설립 20주년을 맞아 대안교육의 앞날에 대한 포럼이 많이 열렸다. 대안교육연대 20년 역사는 놀라움과 변화의 연속이었지만 2020년 대안교육기관에 관한 법률의 제정은 또 다른 전환의 시작이었다. 덴마크 친구들의 말처럼 언젠가는 대안교육이 보편의 교육이 되고, 어려운 환경에서 교육 운동을 펼쳐 행복한 교육을 실천해온 우리를 기억할 거라고 믿는다. 또한 2024년을 살아가는 대안교육연대 식구들의 즐겁고 신나는 연대와 행복한 교육공동체학교로 아이들의 삶을 가꾸고 끊임없이 학생들을 사랑하는 교사들을 믿는다. 덴마크의 자유교육은 한국에서 실현되고 있다.

참고 문헌

위대한 평민을 기르는 덴마크 자유교육, 송순재, 카를 K. 에 기디우스, 고병헌 (엮은이), 민들레, 2010

덴마크 자유교육의 선구자 크리스튼 콜, 비어테 패뇌 룬, 카 스튼 옥슨배드, 라스 스크리버 스뷘슨 (엮은이), 송순 재, 고병헌 (옮긴이), 그물코, 2019

2022과천마을교육공동체포럼자료집-"Free Schools in Denmark The success of a grass root movement"- Peter Bendix Pedersen

덴마크 우핑 일기, 김지현 저, 네시오십분.

덴마크 사람들처럼 : 세상에서 가장 행복한 사람들에게서 찾 은 행복의 열 가지 원리, 말레네 뤼달 저/강현주 역I,마 일스톤I2015.04.01

행복을 배우는 덴마크 학교 이야기, 제시카 조엘 알렉산더 저/고병헌 역, 생각정원, 2019

삶을 위한 학교- 덴마크자유학교 폴케호이스콜레의 세계, 시미즈 미츠루 저,김경인,김형수 (옮긴이), 녹색평론 사2014

우리 아이, 어떻게 사랑해야 할까 - 세상에서 가장 행복한 아이로 키우는 덴마크식 자녀 교육, 제시카 조엘 알렉산더, 이벤 디싱 산달 (지은이), 이은경 (옮긴이), 상아카데미, 2021년

우리도 행복할 수 있을까,오연호, 오마이북, 2014

행복지수 1위 덴마크의 비밀, 오연호, 사계절, 2015

덴마크에서 날아온 엽서, 표재명, 박정원 저, 드림디자인, 2021

나의 덴마크 선생님, 정혜선, 민음사, 2022년

덴마크 행복교육, 정석원, 뜨인돌, 2019년

[eBook] 서울교육청 오디세이 학교 덴마크에서 공부한다. 서울교육방송, 미디어 북, 2017

대한민국 엄마들이 꿈꾸는 덴마크식 교육법, 김영희, 명진출판사, 2010

세계 최고의 교육법 - 핀란드, 덴마크, 스웨덴, 독일, 프랑스, 호주, 미국, 이스라엘, 일본, 대만 등 세계 아이들이 행복하게 자라는. 류선정 외, 이마, 2017

덴마크의 이야기꾼 안데르센, 김세실, 다락원, 2018

덴마크식 행복육아. 박미라, 북랩, 2017

북유럽 교사와 교직 - 핀란드, 스웨덴, 노르웨이, 덴마크, 아이슬란드, 예스퍼 에크하트 라르센, 바바라 슐테, 프레드릭 튜 (엮은이), 유성상, 김민조 (옮긴이). 살림터. 2023

덴마크 - 교양만화로 배우는 글로벌 인생 학교, 김재훈 (지은이), 에밀 라우센 (감수), 위즈덤하우스, 2019

덴마크 사람은 왜 첫 월급으로 의자를 살까, 오자와 료스케
　　(지은이), 박세영 (옮긴이), 꿈지락, 2016

삶을 위한 수업, 마르쿠스 베른센 (지은이), 오연호 (편역), 오
　　마이북, 2020

세계 문화 여행 : 덴마크, 마크 살몬 (지은이), 허보미 (옮긴
　　이), 시그마북스, 2020

휘게 라이프, 편안하게 함께 따뜻하게 - 덴마크 행복의 원천,
　　마이크 비킹 (지은이), 정여진 (옮긴이), 위즈덤하우
　　스, 2016년

[eBook] 코펜하겐을 기억해 : 덴마크 코펜하겐 여행기,윤희
　　(지은이), 더플래닛, 2016

[DVD] EBS 세계의 교육현장 : 덴마크 (4disc), EBS미디어센
　　터, 2010년

꿈과 끼를 찾는 자유학기제의 모든 것 - 덴마크.영국.아일랜
　　드의 직업체험 현장부터 한국의 자유학기제까지, 양
　　소영 (지은이), 꿈결, 2016

대안교육연대와
삶을 위한 교사대학

1990년대 중반, 전국 곳곳에서 대안교육 운동이 다발적으로 일어나기 시작했습니다. 1994년에 문을 연 '간디 농장'은 1997년 '간디청소년학교'의 개교로 이어졌습니다. 또한 2001년 3월에는 전국 최초의 초등대안학교라 할 수 있는 부천의 산어린이학교와 광명의 광명YMCA 볍씨학교가 설립되었습니다. 그즈음 전국에 자리 잡은 대안교육 현장과 활동가들은 서로가 서로에게 힘을 보태는 연대의 필요성을 강하게 느끼고 있었습니다. 서로의 정보를 교환하고 교육 내용을 함께 고민하면서, 무엇보다 우리 사회의 교육제도를 변화시켜나가는 데 힘을 모으는 일이 시급했습니다.

이에 사회의 불평등을 심화·고착화하는 데 편승하는

삶과 세상을 되살리는
대안교육연대

제도권 교육에 대해 문제의식을 느끼고, '인권과 평화, 생태'에 대해 진지하게 고민하고 실천하며, 어린이와 청소년들이 건강한 민주시민으로 성장하도록 하기 위해 전국 각지에서 설립된 비인가 대안학교의 교사, 학생, 학부모들이 모여 2002년 10월 3일에 '대안교육연대'를 창립했습니다.

대안교육연대는 2004년 8월에 서울시에 '비영리민간단체(제593호)'로 등록된 NPO(Non Profit Organization)로서, 2024년 6월 현재 전국의 비인가 대안학교 55개 현장이 단체회원으로 가입되어 있습니다. 대안교육연대는 우리나라 교육의 변화를 견인하기 위해 소속 현장들의 대안적인 교육활동을 사회에 알릴뿐만 아니라, 여러 시민단체와 연대하여 사회의 변화를 교육으로 실현하고 있습니다.

첫째, 대안교육연대는 어린이와 청소년들을 상생하는 민주시민으로 성장시키기 위해 삶을 위한 교육을 실천

함으로써, 경쟁과 입시교육으로 인해 발생하는 교육의 불평등 문제를 해소하고자 합니다. 둘째, 대안교육과 학교 밖 청소년을 위한 정책 연구와 대정부 활동, 인식 전환과 확산을 위한 대시민 활동을 통해 교육복지의 사각지대를 해소하고자 합니다.

이를 위해 대안교육연대에서는 다음과 같이 조직을 구성하여 핵심 사업들을 추진하고 있습니다.

'최고 심의·의결기구'인 총회와 주요 의제와 사업에 대한 '의사결정 상설기구'인 운영위원회가 있으며, 교육과정을 연구·공유하면서 그 결과물을 도서로 출판하는 교육과정연구위원회, 정책을 연구하며 법제화와 조례운동을 추진하는 정책위원회를 상설위원회로 두고 있습니다. 아울러 교사양성·재교육 담당 전문기관인 '삶을 위한 교사대학'과 유기적으로 협력하고 있습니다.

대안교육연대에서 중점적으로 추진하고 있는 사업은 다음과 같습니다.

첫째, **"대안교육 법제화와 조례운동"**입니다

둘째, **"대안교육연대의 정체성 및 역량 강화"**입니다.

셋째, **'조직 간 협력 강화'**입니다.

넷째, **'시민운동 단체 연대활동과 대내외 홍보'**입니다.

대안교육연대는 교육의 본질을 고민합니다. 대안교육

은 획일적 교육, 비민주적 교육, 입시위주의 교육을 극복하고자 하는 시대적 열망을 담아 적극적으로 대안적인 삶의 교육을 찾아갑니다. 이 시대의 대안적 가치가 무엇이며, 구체적 실현은 어떻게 가능한지 끊임없이 모색합니다.

대안교육연대는 경험과 배움을 나누는 장입니다. 대안적인 교육과정, 대안적인 사례를 공유하며 지혜를 나눕니다. 다양성 속에서도 공공의 가치를 발견하며 서로의 부족함을 채워 가며 자체적 정화기능을 갖는 소통의 장입니다.

대안교육연대는 사회적 책임을 통감하며 교육운동을 펼쳐 나갑니다. 이 땅의 아이들을 위해 함께 목소리를 내며 참되고 행복한 교육이 이루어질 때까지 공적 책임을 다합니다. 현실에 대한 깊은 성찰과 참여의 자세를 통해 교육운동을 해나갑니다. (작성: 이홍우-대안교육연대 사무국장)

삶을위한교사대학 협동조합

- 2011년 대안교육연대를 주축으로 한 여러 기관의 리더
  들이 대안교육 교사 양성과 재교육에 대한 필요성을
  가짐에 따라 전문 기관인 '대안교육대학원 설립 준비
  모임'을 만들어 연구를 시작함.
- 국내 대안교육 교사 양성기관이었던 간디교육연구소,
  통전교육연구소, 교육사랑방 외 기관대표들이 협력하
  여 교사 양성을 위한 상설과정과 연수과정을 구성함.
- 2011년도 8월에 대안교육 신입교사연수가 금산간디학
  교에서 준비모임, 대안교육연대, 간디교육연구소 주
  관으로 개최됨.
- 2012년도 8월부터 12월까지 6개월 과정으로 대안교육
  교사양성과정 시범과정이 개설·운영됨.
- 2013년에 법인 설립 추진단이 구성되고 실무자가 무
  급여로 활동하기 시작함.
- 2013년 11월 22일, '삶을 위한 교사대학 협동조합'이 설
  립됨.
- 2014년에 생활기술워크숍을 시작으로 해마다 8월 신
  입교사연수, 현직교사연수, 생활기술워크숍을 개최하
  고 2017년에 '대안교육 실천대회' 1회를 개최하여, 2019
  년에 2회, 2021년에 3회를 개최함.

- 2014년 덴마크 에프터스콜레 교사초청 세미나를 시작으로 해마다 국제교사연수, 세미나, 포럼을 개최하고 매 1월 해외 교육문화기행을 실시하였으며 교육청, 지자체와 공동 국제포럼을 개최, 국내 공립교사 해외연수를 진행하였음. 2017년에는 서울특별시교육청, 인천광역시교육청과 '한국-덴마크 교육 국제 세미나'를 공동주최하고. 2019년에는 '교육 국제 포럼: 무기력증을 벗어던지는 동기부여의 힘'(후원: 고양시 컨벤션뷰로)을 주최하는 등 덴마크 교사 국제 포럼에 한국대표로 초청·참가함. 2021년에는 전주시에서 주최로 전환학교 설립을 위한 '야호교육 국제포럼(덴마크, 아일랜드)'을 기획·진행함.

- 서울시교육청이 2015년에 설립한 오디세이학교 공동기획에 교사대학이 참여하고 오디세이학교가 덴마크 에프터스콜레협회와 협약 및 교류를 추진하게 함. 충북교육청 또한 에프터스콜레협회와 협약 및 교사 교류를 추진하게 함.

- 2020년에는 전주시 의뢰로 '전주형 전환교육 모델 개발을 위한 연구'를 진행하였고, 2022년에는 세종정책연구원에서 '지역사회기반 교육운영방안 연구'를 진행하는 외에도 이사진과 조합원들의 연구와 실천 역량이 높음.

- 대안교육 및 교육정책연구를 위한 대안교육 현장 연구, 「대안교육기관에 관한 법률」과 시행령 마련과 연구, 토론회, 포럼 등을 주도함.

- 2023년 덴마크 자유교원양성대학과 협약 체결, 교사대학 10주년 국제포럼 개최 1. 대전(주최: 대전광역시교육청/공동주관: 건신대학원대학교), "행복한 미래교육을 위한 배움의 나침반: 2023 한국-덴마크 미래교육 국제포럼"(대전교육과학연구원 대강당) 2. 포천(공동주최: 포천시 마을교육공동체 협의회/공동주관: 건신대학원대학교), "포천시 한국-덴마크 평화교육 국제포럼 한탄강에서 평화를 노래하다: 지속가능한 세상을 위한 평화교육의 철학과 실천"(한탄강지질공원센터)

(작성: 유은영-교사대학 상임이사)

자연을 안다는 것은 아이와 미래를 아는 것

마을이 학교다

생태전환교육과
마을교육공동체 이야기

전정일 지음

부모 되는 철학 시리즈 "함께 나누는 행복 이야기"

'부모되는 철학 시리즈'는 행복한 부모가 행복한 아이를 만들게 돕고, 가정의 건강한 성장을 이루도록 이끄는 씽크스마트의 시리즈 브랜드입니다. 부모와 자녀는 물론이고 청소년과 노년까지 전 세대가 함께 행복을 나누는 이야기를 모았습니다.

 경기도 고양시 덕양구 청초로 66 덕은리버워크 B동 1403호 T.02-323-5609